嘉定六十年图志

上海市嘉定区地方志办公室　编

学林出版社

图书在版编目（CIP）数据

嘉定六十年图志 / 上海市嘉定区地方志办公室编. —
上海：学林出版社，2010.12
ISBN 978-7-5486-0098-5

Ⅰ. ① 嘉… Ⅱ. ① 嘉… Ⅲ. ① 上海市—嘉定区—
地方志—1949～2009—图集 Ⅳ. ①K295.13-64

中国版本图书馆CIP数据核字（2010）第206959号

嘉定六十年图志

编　　者 ——	上海市嘉定区地方志办公室
责任编辑 ——	宋黎刚
封面设计 ——	倪　荣

出　　版 ——	上海世纪出版股份有限公司
	学林出版社（上海钦州南路81号3楼）
	电话：64515005　传真：64515005
发　　行 ——	新华书店 上海发行所
	学林图书发行部（上海钦州南路81号1楼）
	电话：64515012 传真：64844088
印　　刷 ——	上海图宇印刷有限公司
开　　本 ——	787×1092　1/16
印　　张 ——	25.75
字　　数 ——	60.5万
版　　次 ——	2010年12月第1版
	2010年12月第1次印刷
印　　数 ——	2000
书　　号 ——	ISBN 978-7-5486-0098-5 / K·6
定　　价 ——	200.00元

（如发生印刷、装订质量问题，读者可向工厂调换。）

《嘉定六十年图志》编辑部

主　　任：蔺乐平

主　　编：张建华

编　　辑：何根法　张　悦　陈启宇

校　　对：孙培兴　袁黛英　吴　庆　宋怀常

前　言

1949年5月13日，嘉定在人民解放战争的隆隆炮声中获得新生。六十年来，嘉定人民在中国共产党的领导下，以一往无前的进取精神和脚踏实地的创新实践，坚定不移地推进社会主义现代化建设，谱写了一曲励精图治、锲而不舍、努力奋斗的乐曲。六十年的筚路蓝缕，聚沙成塔，嘉定的综合经济实力、社会建设事业和人民生活水平今非昔比，世人瞩目。

在历史的长河中，六十年不过是一朵小小的浪花。但在这短短的发展历程中，嘉定人民留下了无数艰苦创业的脚印，也留下了无数历经风雨的瞬间。为了让人们铭记嘉定社会主义建设进程的难忘历史，歌颂嘉定人民顽强拼搏的可贵精神，促进嘉定各项事业的快速发展，我们精心选辑了770余帧珍贵的历史图片，配之以百余项文字专题，编辑以图片资料为主、文字资料为辅的志书——《嘉定六十年图志》，使之成为嘉定新方志的系列志书之一。

《嘉定六十年图志》围绕嘉定经济建设和社会发展主轴，以图文互补的形式，追溯嘉定解放以来革命、建设、改革的风云历程，展现嘉定人民六十年生活巨变的印迹。这些图片，只是嘉定六十年发展进程中缤纷花絮的些许掠影，我们希冀通过本书，让后来者睹微知著，体会到嘉定这六十年更多难忘的荦荦大端，从而激励起建设嘉定、美化嘉定的工作热情，为实现嘉定大发展、大飞跃作出更大的贡献。

编纂说明

　　《嘉定六十年图志》(以下简称《图志》)全面记述嘉定从1949年到2009年六十年间自然、政治、经济、文化、社会生活等各方面的历史与现状的发展变化。在编纂中力求突出大事、要事,准确反映历史脉络和重要史实,使之成为编纂方法科学,具有研究、史料价值的书籍。

　　一、《图志》坚持实事求是原则,客观真实地记述六十年来嘉定经济和社会发展等方面的史实。

　　二、《图志》记述上限原则上以1949年嘉定解放为始,下限至2009年。记述范围为当时嘉定行政区域。重点为反映嘉定历史变革和时代特征的图片、大事记、专题及其它资料。收录的图片一般以比较重要和能收集到为原则,无特别规定。

　　三、有关单位和个人提供的资料,采用后均在《图志》中署名。

　　四、《图志》的编写以建国后编纂的《嘉定县志》、《嘉定县续志》、《嘉定县简志》、《嘉定年鉴》等为蓝本。

　　五、《图志》的编写以编年体为主,重点记述改革开放以来的人和事。对于历史事件,尽可能反映重点。

　　六、《图志》中的行政区划、机构等,一般以当时名称记述。

目　　录

第一章　基本完成社会主义改造时期（1949.5~1956）

一、概　述

　　1949年4月下旬至5月初,人民解放军百万雄师横渡长江,挥师南下,相继攻克南京和苏州、杭州等城市。5月13日凌晨,人民解放军第三野战军第28军84师解放嘉定,随军南下的中共嘉定县委(以下简称县委)与驻军成立军事管制委员会,对嘉定实行军事管制。5月26日,嘉定县人民政府宣告成立,县委、县政府接管人员全面接管国民党党政机关,并建立区、乡人民政权,长期遭受帝国主义、封建主义、官僚资本主义蹂躏压迫的嘉定从此获得新生。

　　嘉定解放后,县军管会和县委、县政府,紧紧依靠嘉定人民,开展稳固政权和发展经济工作。1950年8月,遵照中央"依靠贫雇农,团结中农,中立富农,有步骤、有分别地消灭封建剥削制度,发展农业生产"的指示,嘉定由点到面地开展土地改革。土改结束后,县委号召分到土地的农民按照"自愿结合、等价交换、民主管理"的原则组织起来,走共同富裕的道路,季节性互助组在嘉定逐步建立,并向常年互助组发展。1952年,嘉定第一个初级农业合作社诞生。

　　解放初期,嘉定境内的土匪特务组织活动猖獗,他们频繁破坏公共设施,扰乱社会秩序,袭击基层政权。县军管会和县委、县政府在建立地方政权的同时,成立县剿匪治安委员会,发动群众开展剿匪肃特斗争,大张旗鼓地镇压反革命分子,歼灭境内武装匪特,有效地打击国民党残余势力,巩固新生的人民政权。朝鲜战争爆发后,全县掀起声势浩大的抗美援朝运动,动员青年赴朝参战,发动募捐钱款支援国家购置飞机大炮等。

　　1951年,根据中共中央和苏南区委的指示精神,中共嘉定县委在县级机关党员中开展反贪污、反浪费、反官僚主义的"三反"运动,重点解决领导干部的官僚主义作风,全面清查财务物资。1952年,按照上级的统一部署,结合机关的"三反"运动,嘉定在县城区和南翔、娄塘等集镇的工商界开展反行贿、反偷税漏税、反盗骗国家财产、反偷工减料和反盗窃国家经济情报的"五反"运动。县委成立专门的"打虎队",经群众的检举、揭发,查处犯有工商犯罪行为的不法资本家。

　　在对私营工商业、个体手工业的社会主义改造中,嘉定根据国家的有关方针政策,从1953年起对本县的私营工商业开展有计划、有步骤的改造。1954年8月,境内最大的私营工业企业——嘉丰纺织厂首先完成公私合营试点任务。至1956年1月底,全县89家私营工业企业通过迁、并、联营等形式,改组成国营、地方国营、公私合营等性质的企业。1955年,嘉定又在南翔镇试点,开展对私营商业的社会主义改造。到1956年1月底,全县2000余户私营商店(贩)分别组成公私合营商店、合作商店、合作小组。从事交通运输业和散居全县的个体手工业者,也分别组成了具有集体性质的生产合作社和生产合作小组。

1955年秋,中共嘉定县委贯彻中共中央《关于农业合作化问题的决议》精神,在全县掀起农业合作化高潮。是年底,全县建立初级农业生产合作社1084个。1956年2月,县委以裕农初级合作社为基础,成立嘉定县第一个高级农业生产合作社。同年秋,由初级社升级的和新建的高级社达241个,入社农户6.01万户,占总农户的98.04%。

按照党在国民经济恢复时期和过渡时期的总路线,嘉定人民以高涨的政治热情,积极开展了经济、文化建设。

经过土地改革和互助合作化运动,嘉定农业生产力得到解放。20世纪50年代初,县委、县政府组织农民进行农田水利建设,建设农村电网,发展排灌机械和拖拉机耕作,原以人力、畜力耕作为主的传统农业开始向农业机械化、电气化、化学化转化,嘉定的农业生产得到快速的恢复和发展。1951年全县粮食常年亩产343公斤,总产5.67万吨,1955年分别上升到415公斤和8.8万吨,1956年全县粮食总产突破10万吨。

1950年,国营工业、商业和供销合作社商业开始创办。是年5月,县人民政府在县城创办嘉定米厂,为嘉定解放后新建的第一家国营企业。11月,建立第一个基层供销合作社——娄塘供销合作社。12月,成立第一家国营商业企业——建中贸易公司松江支公司嘉定办事处。至1952年,全县共有全民工业企业10家。1955年后,又先后创办嘉定农具厂、上海工农标准件厂、嘉定船厂等。经过社会主义改造,至1956年,全县有粮棉加工、纺织、酿造、印刷、化工等国营工业企业59家。

解放初期的嘉定市政建设主要是整修县城内街巷和危桥。1950年、1951年分别拆除部分城墙,并在城内建造军人大礼堂和人民大礼堂。1956年,因建设需要,又分别拆除东、南、北三座城门。

在发展工农业生产的同时,嘉定还致力于文教卫生建设。1949年下半年,嘉定永乐剧场、县新华书店先后开业。1950年,嘉定县文工团、电影管理委员会相继成立。1951年,嘉定城中县人民大礼堂建成后,开始每周定期放映电影。1952年,嘉定工农业余剧团推进会成立后,全县涌现出83个剧团、文工团,演出话剧、京剧、沪剧、越剧、锡剧、方言剧等,极大地丰富了人民群众的业余文化生活。1952年春节,嘉定举办群众文娱会演,先后演出165场,观众达10.5万余人次。1956年3月,中共嘉定县委创刊《嘉定报》,向全县人民宣传社会主义、共产主义和国家在过渡时期的总路线。

解放后的嘉定教育发展迅速。1949年,全县有公立小学150所,私立小学25所,在校学生1.85万名;有公立完全中学1所和初级中学2所,私立初级中学2所,在校学生1450名。1951年,县政府为满足土改后工农子女入学的强烈愿望,发动群众因陋就简,创办民办小学73所。1952年,全县有公办、民办和私立小学共234所,在校学生3.73万名。1956年,嘉定县中和南翔初级中学分别改名为嘉定县第一中学、嘉定县第二中学。是年,嘉定全县共有中学11所,在校学生5400余名。

1950年1月,由县政府接管的普济医院、嘉定县卫生院与苏南地方病防治所嘉定工作队合并成立嘉定县人民医院。1950年9月,嘉定县妇幼保健院建立开诊。同时,县政府组织城中及各乡个体医生组成联合诊所,划片分工负责本地区的医疗预防、卫生防疫和妇幼保健等工作。1951年,嘉定以联合诊所为主,成立18个血吸虫病委托治疗组,开展对血吸虫病人的医治。1956年,全县有联合诊所33所。

从1949至1956年,嘉定人民经历了急剧的社会变革,确立了人民当家作主的政治意识,以巨大的政治热情投入到建设新嘉定的浪潮中。嘉定的社会主义经济体制初步建立,工农业生产和科教文卫事业迅速恢复和发展,人民生活水平得到明显改善,为嘉定进行有计划的经济建设奠定了基础。

二、大 事 记

1. 1949年5月13日~12月

5月13日凌晨,中国人民解放军第三野战军第28军84师进入嘉定,宣告嘉定解放。同日,随军南下的中共嘉定县委领导人与嘉定地下党领导人接上关系,共商接管事宜。

5月14日,接华东军区命令,建立嘉定县军事管制委员会。翌日,县军管会建立接管委员会,按系统开展接管工作。

5月26日,接管工作基本完成,县委在城厢镇召开庆祝大会,庆祝嘉定解放。会上,县长王元昌宣布嘉定县人民政府成立,县人民政府挂牌。全县辖1市、1区、2镇及6个办事处。

5月,嘉定县支前委员会成立,调集民船数百条,征借粮食150多万公斤、柴草15万担,支援解放军南下。

6月,建立司法科。1951年5月,改为嘉定县人民法院。

7月17日,嘉定县召开工人代表会议,成立嘉定县职工联合会筹备会。

同月,嘉定县成立剿匪治安委员会,开展剿匪肃特斗争。

8月25日,国民党飞机数架扫射南翔火车站,毁机头1台,死群众10名、伤21名。

9月,县委举办农民积极分子训练班3期,培训乡村新政权骨干500余名。全县规划设74个乡(镇)和706个行政(联合)村。经试点后,10月起陆续实施。同时废除保甲制度。

10月1日,中华人民共和国成立。之后数日内,嘉定县人民举行热烈的庆祝活动。

同日,嘉定县召开农民代表会议,建立县农民协会筹备会。

10月,区、乡(镇)人民政府陆续建立完毕,全县设1市、8区、73乡(镇)。

10月,嘉定县举行解放后第一届人民体育大会,500多名运动员参赛。

11月,娄塘供销合作社建立,为解放后嘉定县第一个基层供销合作社。

12月,成立建中贸易公司松江支公司嘉定办事处,此为嘉定县第一家国营商业企业。

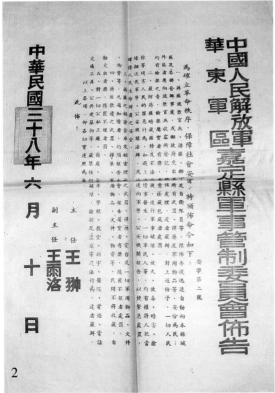

1. 1949年5月13日，嘉定解放。5月16日，创刊不久的《苏南日报》报道"京沪路人民解放军解放昆山太仓嘉定"的喜讯
　　　（照片提供　嘉定区档案馆）

2. 1949年6月10日，中国人民解放军华东军区嘉定县军事管制委员会布告
　　　（照片提供　嘉定区档案馆）

1949年派驻嘉定工作的"南下"干部离开山东时的合影

（照片提供　陈萍时）

1949年10月10～13日，嘉定县召开首届一次各界人民代表会议，讨论减租减息、征收公粮公草、调整劳资关系等事宜

（照片提供　嘉定区档案馆）

1949年11月23日,嘉定县召开工商界代表会议,建立县工商业联合会筹备会

（照片提供　嘉定区档案馆）

　　1949年10月,公安新成立的保警队在"剿匪反霸"、保卫铁路和通讯线路、警卫重要目标安全上,发挥了重大作用

（照片提供　公安嘉定分局）

1.公安保警队保卫铁路专线

2.公安保警队警卫重要目标

3.公安保警队员在执勤

（照片提供 公安嘉定分局）

2. 1950年

1月,嘉定县各界人民踊跃认购人民胜利折实公债15.57万元(每分分值折价2.44元),超额完成83%。

4月8～10日,嘉定县召开首届二次各界人民代表会议,讨论生产救灾、准备土地改革等事项。

4月30日,中央人民政府颁布《中华人民共和国婚姻法》。9月,县民政科以及区、镇人民政府始办婚姻登记。

5月,国营嘉定米厂开业。此为嘉定解放后新建的第一家地方国营工业企业。

6月19日,嘉定县供销合作总社成立(1954年11月改名供销合作社)。至年底,全县共建8个基层供销合作社和2个工人消费合作社。社员1.64万名,股金2.2万元。

8月,县委在外冈区杨甸乡和娄塘区塘西乡进行土地改革试点,9月底结束。

8月,嘉定县人民政府始设嘉定县检察署。1955年7月,改为嘉定县人民检察院。

9月17日,县委发出通知,为反对美帝国主义武装侵略我国领土台湾和邻邦朝鲜,保卫世界和平,号召全县人民开展和平签名运动。

10月23日,成立嘉定县人民武装部,各区武装部相继建立。

10月,成立嘉定县民主妇女联合会筹备委员会。

10月,嘉定县开展土地改革运动,至12月基本结束。依法评定地主1795户,半地主式富农445户,富农1661户。没收地主土地12.8万余亩,征收富农公田、小土地出租的土地3.78万亩。3.32万农户、13.69万农民分到土地。

11月,嘉定县开展镇压反革命运动。是月7日,县公安局依法逮捕土匪、特务、反动党团骨干和反动会道门头目53名。

1950年1月1日,嘉定县人民医院开业(照片提供 嘉定区中心医院)

　　1949年5月14日,南翔解放。16日建立南翔市人民政府,并成立中共南翔市委员会。图为1950年4月26日南翔市政府全体同志合影　　　　　　　　（照片提供　张建伟）

解放初期一批青年积极报名参干参军。图为嘉定地区8名小学教师参干时合影

（照片提供　陈萍时）

1. 1950 年 10 月,嘉定县第一届农民代表大会在嘉定县立初级中学(1956 年易名嘉定县第一中学)礼堂召开。图为大会会场

2. 1950 年 10 月,嘉定县第一届农民代表大会小组讨论

3. 20 世纪 50 年代嘉定县立初级中学礼堂旧影

4. 1950 年 10 月,嘉定县第一届农民代表大会代表受到嘉定县立初级中学学生热烈欢迎和祝贺

(照片提供　陈萍时)

1950年10月，嘉定县召开第一届农民代表大会，成立嘉定县农民协会

（照片提供　嘉定区档案馆）

1949年9月9日,县公安局逮捕匪首恶霸赵友生。1950年9月3日赵友生被依法处决

（照片提供
公安嘉定分局）

1950年9月25日,嘉定县在体育场召开万人大会,对"苏浙边区反共救国纵队第三总队"武装匪特38人进行公开宣判,首犯季如彪、季如涛等被依法处决。图为大会现场

（照片提供
公安嘉定分局）

1950 年 1 月,苏南开展血吸虫病防治工作。图为二十军医疗队开赴嘉定时的情形
（照片提供 王一君）

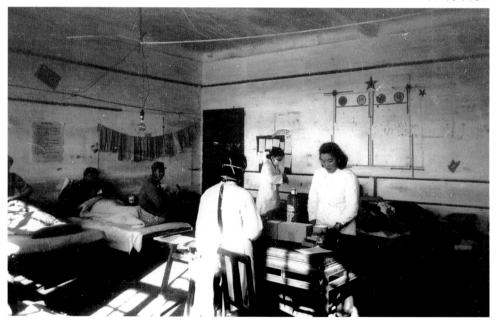

　　1950 年 1 月，在嘉定的二十军直属司令部卫生队开始为二十军指战员治疗血
吸虫病 　　　　　　　　　　　　　　　　　　　　（照片提供 王一君）

1950年1月,二十军直属司令部卫生队在嘉定嶀城云翔小学前合影(照片提供　王一君)

1950年1月21日,嘉定城厢区消防队第一队合影　　　　　　(照片提供　沈其苏)

3. 1951年

3月,嘉定县私营工商业始行登记,核准发证的共3817户。

春,马陆区马陆乡陈永元临时互助组转为常年互助组,为嘉定县第一个典型示范试点组。

4月13~15日,嘉定县召开三届各界人民代表会议。会上对抗美援朝、土地改革、镇压反革命等事宜进行讨论,并通过成立抗美援朝、生产、物资交流3个委员会。

4月,嘉定县人民政府颁发《土地所有证》。至6月底全县发证工作结束。

6月29日,嘉定县召开首次工会会员代表大会,成立嘉定县总工会。

7月8~10日,嘉定县召开四届各界人民代表会议。号召全县人民为抗美援朝捐献飞机大炮。至11月底,全县各界人民捐献人民币61.48万元,约可购飞机4架。

11月17~19日,嘉定县召开五届各界人民代表会议。讨论秋征、冬季农业生产和机关开展反贪污、反浪费、反官僚主义(简称"三反")运动等事宜。

12月,马陆区西封乡牌楼村王正川信用互助组成立,为嘉定县解放后第一个信用互助组。

是年,嘉定县数千名青年踊跃报名参加中国人民志愿军,经县武装部批准有400余名青年入伍赴朝作战。

1951年4月,嘉定县公安局机关工作人员在编写、制作抗美援朝宣传栏 (照片提供 季 颖)

解放初期嘉定志成布厂纺纱机
（照片提供　嘉定区档案馆）

解放初期生泰丰轧厂
（照片提供
嘉定区档案馆）

1951年初，土地改革全面完成，但获得土地农民缺少生产资金，生活仍然困难，人民政府以工代赈给予救济。图为以工代赈方式疏浚南翔走马塘，有关区乡干部正在察看指导（照片提供　汤基诰）

1951年7月16日，欢送参加抗美援朝志愿军医疗队　（照片提供　王一君）

1951年8月，嘉定县马陆乡石冈村成立竹器生产合作社，为嘉定县第一个手工业生产合作社，后又相继成立新星、幸福竹器社(厂)。社(厂)成立后，除制作各类生产、生活用品的竹器外，还制作具有较高工艺价值的出口艺术品　　（照片提供　马陆镇）

4. 1952年

春,在城区、南翔、娄塘3镇的工商界中开展反行贿、反偷税漏税、反盗骗国家财产、反偷工减料、反盗窃国家经济情报(简称"五反")运动,后奉上级指示运动终止。

5月25日,县委作出在农村建立党组织规划。至年底,全县有党员880名,基层支部88个。

7月27～30日,嘉定县首次城乡物资交流大会在县城举行,参加人次7万余,营业额60余万元。

7月,嘉定县全面开展禁烟(鸦片)活动。县公安局破获烟毒案13起。同年,县人民法院惩处贩毒首犯39名。至此,县内烟毒绝迹。

9月1～3日,台风暴雨袭境,受淹农田4739亩,损失粮食16万公斤,死3人。

9月13～15日,嘉定县召开六届一次各界人民代表会议。提出增产节约、搞好工农业生产为压倒一切的中心任务的号召。

9月27日,嘉定县建立嘉定星艺锡剧团,有演职员56名,为嘉定县第一个专业剧团。

是年秋,马陆乡裕农初级农业合作社成立,为嘉定县第一个半社会主义性质的农业合作社。

是年,嘉定县74个乡、镇全部通电话。

是年为国民经济恢复时期的最后一年,嘉定县工农业总产值9523万元(工农业产值分别占52%和48%),年平均递增率为7.3%。

嘉定县黄渡区淞浜乡万家宅互助组 　　　　　　　　　　　　　　(照片提供　嘉定区档案馆)

嘉定县 1952 年第一次互助组代表会议全体代表合影　　　（照片提供　嘉定区档案馆）

1952 年夏,南翔怀少小学部分师生在校门口走马塘岸边合影　　　（照片提供　季　颖）

5. 1953年

1月,嘉定县国家机关和全民所有制企事业单位实行公费医疗制度。

3月27～31日,召开中国新民主主义青年团嘉定县首届代表大会。时有团员8372人。

4月,开始第一次人口普查。至7月1日零时,嘉定县总人口289415人(男性136768人,女性152647人)。

5月24日,嘉定县成立选举委员会,首次普选人民代表。全县划716个选区,选出乡、镇人民代表2757名。至1954年3月26日结束。

11月,嘉定县开展宣传党在过渡时期总路线和统购统销政策。

12月,在历时3年的镇压反革命运动中,全县共逮捕各类反革命分子961名,其中一批罪大恶极的反革命分子被依法处决。

是年,嘉丰棉纺织厂在侯黄桥北侧动工兴建工人新村,共34套,1265平方米。1955年竣工,为嘉定县第一个工人新村。

是年,嘉定县黄草编织能手李月琴编织的和平鸽图案拖鞋,在民主德国莱比锡博览会上获艺术奖章。

是年,全县疏浚大小河道39条,补修圩堤29条,受益面积13万多亩。

1953年春,嘉定城南水关
（照片提供　汤基诰）

解放初期嘉定三星协记烟厂的厂房及机器　　　　　（照片提供　嘉定区档案馆）

　　1952年秋，马陆乡裕农初级农业生产合作社成立。1953年12月，裕农初级农业生产合作社召开庆丰迎新大会，总结办社一年来所取得的成绩

（照片提供　嘉定区档案馆）

马陆乡裕农初级农业生产合作社召开庆丰迎新大会　　　（照片提供　嘉定区档案馆）

6. 1954年

2月，中国人民志愿军一等功臣二级英雄张渭良荣归嘉定故乡。

4月，南翔区所属新杨乡、田杜乡及马桥乡一部分，计1946户，8207人，1.97万亩土地，分别划归上海市真如区、大场区。

7月上旬，中共松江地委工业部在嘉定县嘉丰纺织厂进行公私合营试点工作。8月1日宣布合营，为嘉定县第一家公私合营企业。

8月，嘉定县调整区（镇）、乡建置。全县划为1镇、6区、69乡镇。

9月15日，嘉定县实行棉花、棉布计划收购和计划供应。

是年，嘉定县人民踊跃认购国家经济建设公债。至1958年共认购421.5万元，年年超额完成任务。

1954年7月3~8日，嘉定县召开首届人民代表大会第一次会议，学习《中华人民共和国宪法（草案）》，总结检查农业生产、互助合作、统购统销等事宜　（照片提供　嘉定区档案馆）

1954年11月，马陆乡农村妇女农闲时结伴打毛衣

（照片提供　马陆镇）

7. 1955年

3月6日，嘉定县召开首届工商业联合会会员代表大会，成立嘉定县工商业联合会。

7月，始行义务兵役制。是年征集义务兵598人。

8月15～17日，嘉定县召开首届人民代表大会第二次会议。讨论开展增产节约运动，实现第一个五年计划等事宜。

8月18日，嘉定县人民政府改称县人民委员会（简称县人委）。

8月27～31日，县委和县人委召开三级干部会议，贯彻粮食"三定"（定产量、定征购、定销售）到户政策。定产定购3年不变，定销1年一评。

11月20～23日，召开中共嘉定县党员代表会议。

12月，县委成立肃反运动五人小组。翌年5月起，分期分批在县、区机关和企事业单位、学校开展"肃反"运动，6000余人参加。至1957年7月结束，共查出反革命分子、坏分子39名。

是年，首次进行预备役登记。当年登记者有328名。

是年，嘉定县试种双季稻，始有一年三熟耕作制。

1955年4月23日，嘉定县召开首届妇女代表大会，成立嘉定县民主妇女联合会

（照片提供　嘉定区档案馆）

1955 年,嘉定西城门

（照片提供 季 颖）

1955 年 10 月 24 日,毛泽东主席为《中国农村的社会主义高潮》(中共中央办公厅编)一书中董铨、邵健、桂世桢合写的《真如区李子园农业生产合作社节约生产费用的经验》一文所作的按语手迹

（刊于《桃浦志》）

1955年秋季,城西青冈互助组的农民在田间采收菠菜

（照片提供 季 颖）

1955年,娄塘镇群峰业余剧团全体团员合影 （照片提供 季 颖）

8. 1956年

1月20日，嘉定县89户私营工业企业批准实行公私合营；2433户私营商店商贩批准参加合营、合作商店；2400余户手工业者参加手工业生产合作社和合作小组。至此，嘉定县对私营工商业、个体手工业的社会主义改造基本完成。

2月8日，马陆乡裕农高级农业生产合作社成立，为嘉定县第一个高级农业生产合作社。

2月8日，嘉定县有线广播站开始播音。

2月25～27日，嘉定县政协召开首届一次全体会议，成立中国人民政治协商会议嘉定县委员会(简称县政协)。

3月，建立嘉定县科学技术普及协会。1958年9月易名为嘉定县科学技术协会。

5月8～11日，召开中共嘉定县首届代表大会第一次会议。

8月26～28日，嘉定县首批知识青年200余人，赴新疆石河子创建八一糖厂。

10月，嘉定、青浦两县在上海市的领导下合浚吴淞江。嘉定县挖土11.97万立方米。翌年7月完工。

12月27～30日，嘉定县召开第二届人民代表大会第一次会议。讨论开展增产节约运动、搞好农副业生产、完成和超额完成第一个五年计划等事宜。

是年，嘉定县有高级农业生产合作社241个，入社农户6万余户，占总农户数的98.04%。

是年，嘉定县私立中、小学全部改为公立。

是年，嘉定县立中学易名嘉定县第一中学。1958年1月被列为上海市重点中学。1985年起停招初一新生，改为高级中学。

是年，农业合作社对农村孤老实行"五保"，即保吃、保穿、保烧(燃料)、保教(儿童和少年)、保葬。翌年，全县供养"五保"户339户。

1956年3月1日，中共嘉定县委机关报《嘉定报》创刊。1958年3月12日停刊

(照片提供嘉定区档案馆)

1956年5月8~11日，中共嘉定县第一届代表大会第一次会议召开。图为全体代表合影
（照片提供 嘉定区档案馆）

1956年，在原南翔乡境内黄家花园发现两株珍稀树木——巨木红杉，俗称"世界爷"，是世界上最高的树木之一，当年已有十米多高。后经媒体报道后，一些市民参观时在其枝干上乱刻"到此一游"，致其枯死

（照片提供 施心超）

20世纪50年代，嘉定县人民医院医务人员下乡进行防病治病
（照片提供 嘉定区中心医院）

三、专题叙事

1. 1949年嘉定概况

1949年嘉定解放，属苏南行政区松江专区，县域面积476.93平方公里，人口264974人，57134户。

解放前，嘉定设4个镇、29个乡。解放后，嘉定设1市(南翔)、1区(城厢)、2镇(娄塘、黄渡)和6个联合办事处。1949年10月，撤销联合办事处，全县划分为1市(南翔)、8区(城厢、纪王、方泰、外冈、黄渡、徐行、娄塘、马陆)、下辖73个乡镇。

1949年，全县工农业总产值7698万元，工业总产值3749万元，农业总产值3949万元，财政收入531万元。全县耕地面积543004亩，主要种植粮食、棉花、油菜等作物。粮食亩产293公斤，总产6.62万吨。

2. 南下接管干部

1949年2月，山东胶东滨北专区(今潍坊市)的藏马、五莲两县的干部，参加南下接管新区的干部大队。干部大队下设干部中队，由100余名干部组成的干部中队设支部，支部委员会是准备接管一个县的县委会，支部书记拟任县委书记，支部成员拟任县委部长。中队长、副中队长拟任县长、副县长。2月24日，干部大队开始南下。先后经坊子、新沂、淮阴、高邮，4月7日到达南通市西的平潮镇。在平潮镇，干部大队进行调整、充实。根据嘉定地处上海近郊，经济文化比较发达的特点，接管嘉定的干部中队确定由随军南下的山东滨北干部大队的二个中队合并，并调进苏北九分区的部分干部，组成由178名干部组成的新的接管嘉定的干部队。4月21日，干部队继续南下，4月27日在江阴夜渡长江，5月12日晚经常熟古里，当夜继续行军120里，于5月13日凌晨冒雨从北门进入嘉定，并与嘉定的地下党取得联系，从而开始嘉定的政权接管和全面领导工作。

3. 中共嘉定县委的建立

1949年4月，中共苏南区松江地委在南通县平潮镇抽调随军南下的山东滨北专区和苏北九分区的部分干部组建中共嘉定县委，随军南下的山东滨北干部大队干部王雨洛任书记，王元昌任县长。5月13日，县委随军进入嘉定，驻嘉定城厢镇，领导嘉定地下工作的中共嘉太工委随即撤销。解放初，县委工作机构设秘书室、组织部、宣传部、民运部。同年8月后，增设青年工作委员会、妇女工作委员会、农村工作委员会和城市工作委员会。1950年4月设立纪律检查委员会。

4. 嘉定县人民政府成立

1949年5月13日嘉定解放，县委暨驻军宣布嘉定军事管制委员会成立，接管国民党县、区、乡政权,解除国民党地方军警武装,全县实行军事管制。同月25日,县军管会对境内的国民党党、政、军、警人员进行"约法八章"教育之后,除一部分人员留用外,其余遣送回乡。26日,嘉定县人民政府成立,王元昌任县长。县政府设科、局、室13个:秘书室、财政科、劳动科、民政科、建设科、司法科、教育局、工商局、税务局、邮政局、电信局、公安局、粮食局。9月,县委举办乡村新政权骨干培训班,并进行试点工作。10月间,陆续建立区、乡(镇)人民政府。全县设1市、8区、73乡(镇)。

1955年8月,县人民政府改称县人民委员会。

5. 嘉定县各界人民代表会议

1949年9月,中国人民政治协商会议通过的《中国人民政治协商会议共同纲领》规定:"在普选的地方人民代表大会召开以前,由各界人民代表会议逐步代行人民代表大会的职权。"根据中共中央指示精神和《共同纲领》的规定,嘉定县第一届各界人民代表会议第一次会议于1949年10月10日至13日举行,会议代表280人,列席代表17人。第一届县各界人民代表会议代表,由县委和县政府邀集县群众团体、民主党派、驻军和爱国民主人士协商,组成嘉定县各界人民代表会议筹备委员会,由筹备委员会根据各党派、团体的地位和作用,以及各行业、单位、地区人口的多少,协商确定代表名额。第一届县各界人民代表会议的议程除了县政府工作报告、县委关于当前全县的工作方针和任务的报告外,还讨论了开展减租减息、征收公粮公草、调整劳资关系等问题。会议决定由会议主席团24名成员组成驻会委员会,推选县长任主席,为会议闭幕后的办事机构。

县各界人民代表会议是解放初期嘉定各民主党派、人民团体、爱国人士参政议政的主要形式。从1949年10月到1954年中华人民共和国宪法公布后终止,嘉定县各界人民代表会议至1953年4月六届二次会议召开,共历六届。从第二届起,县各界人民代表会议代行县人民代表大会职权,建立各界人民代表会议常务委员会,作为常设领导机构。

6. 嘉定县农民协会

1949年10月1日,中共嘉定县委召开嘉定县农民代表会议,建立嘉定县农民协会筹备委员会,筹备委员会有委员47人,常务委员13人,由王雨洛任主任,徐芸勤、陈屏任副主任。随后,各区、乡分别召开农民代表会议,建立农民协会。至年底,全县有农民协会会员6万人,占农业人口的27.74%。1950年10月。县第一次农民代表大会召开,成立嘉定县农民协会,县农民协会委员16人,主席王寄语,副主席李元臣。1951年4月,县第二次农民代表大会召开,时有农民协会会员13.1万余人,占全县农村人口的56.12%。其时,各级农民协会均为土地改革政策的执行组织,动员和组织广大农民恢复和发展生产,参加政权建设等活动。

土改结束后,农民协会的组织作用逐步由农业互助合作组织替代。1955年起,农民协会停止活动。

7. 嘉定县工商业联合会

1949年11月23日,中共嘉定县委邀请全县工商界代表197人,组成嘉定县工商业联合会筹备委员会,筹备委员会推举潘指行、马庆梅、汤所均、高启华等17人为筹备委员会委员,潘指行为主任委员。县工商联筹委会组建后,组织全县工商业者学习国家有关的政策、法令;执行国家计划,改善经营管理;维护私营工商业者的合法利益,解决劳资矛盾;推动私营工商业者参加各项爱国运动,并在工商登记、重估财产、推进税务、扩大城乡物资交流和支援抗美援朝等方面开展一系列活动。1952年,筹备委员会进行会员登记,登记会员有国营、私营工商企业,合作社、合作联社以及手工业者、行商、摊贩等1000余人(个),同时,特邀在工商界有特殊贡献的人士和与工商联工作有密切联系的单位代表为会员。1955年3月,县工商业联合会第一次会员代表大会召开,成立县工商业联合会。选举产生第一届执行委员会,潘指行当选为主任委员。县工商联成立后,积极协助人民政府贯彻"统筹兼顾,全面安排,积极改造"的方针,在会员中进行社会主义前途教育和爱国守法教育,引导私营工商业接受社会主义改造。

8. 组织生产救灾

1949年7月24日,台风暴雨袭击嘉定,受灾农田3.29万亩,倒坍房屋3793间。7月31日,县成立生产救灾委员会,发动群众抗灾救灾,恢复生产。是年,除减免受灾地区大部分公粮外,政府发放和各界募集赈济粮食12.33万公斤,黄豆7500公斤,衣服1238件,人民币1033元,还有食油、奶粉、鱼肝油、肥料等物品。在赈灾的同时,组织群众以工代赈,生产自救,重建家园。同年8月,县生产救灾委员会征集民工支援宝山县抢修海塘415米,共完成土石方4900余立方米。不久,境内工农业生产恢复正常。

9. 剿匪肃特

解放初,境内盗匪和国民党武装特务勾结一起,频繁扰乱社会秩序,破坏公共设施,颠覆基层政权。自1949年6月至1950年8月,先后杀死、杀伤人民解放军驻军指战员和党政干部22人,破坏长途电话线100多次,并多次袭击区、乡人民政府,烧毁民兵哨所,散发反动传单,制造反革命谣言,威胁恫吓干部群众。嘉定人民在县委、县政府的领导下,开展声势浩大的剿匪肃特斗争。1949年6月,县军管会颁布解散反动组织和严禁非法收藏武器的布告,同时办理反动党团骨干登记。7月,成立县剿匪治安委员会,对境内的武装匪特开展军事清剿,逮捕处决一批罪大恶极的土匪恶霸。同时,组织各区、乡建立群众自卫武装组织,开展护粮、护路、护线、护村活动。县武装总队、县公安局和解放军驻军联合清剿黄渡、南翔、徐行、娄塘、外冈等地区的武装匪特。至1951年底,破获武装匪特组织14股,捕获匪特200余人。

10. 镇压反革命

根据政务院、最高人民法院《关于镇压反革命活动的指示》,嘉定开展镇压反革命运动。1950年11月,县公安局一举逮捕土匪、特务、反动党团骨干和反动会道门头子等反革命分子53人。12月,县人民法庭和各分庭依法公审处决一批罪大恶极的反革命分子。1951年2月,全县贯彻《中华人民共和国惩治反革命条例》,大张旗鼓地镇压反革命分子。各党政机关、团体、学校、工厂、商店分别召开控诉反革命分子罪行大会,检举揭发和清算反革命分子的罪行。3月6日和4月5日,县公安局根据群众的检举揭发,经侦查核实后逮捕反革命分子260人。5月,各界推派代表参加反革命案的审理。1953年2月,全面取缔反动会道门,摧毁一贯道坛堂68座,没收道具779件,登记中小道首和办道人员255人,依法逮捕坛主、点传师9人。4月,开展水上镇反,逮捕水上恶霸10人。至1953年底,历时三年的镇压反革命运动结束,先后逮捕反革命分子961人。

11. 抗美援朝

1950年6月,朝鲜战争爆发。县委根据上级指示立即成立中国人民抗美援朝总会嘉定分会,在全县掀起声势浩大的抗美援朝运动。至1952年底,共动员400余名青年赴朝参战,捐献飞机大炮折款61.48万元。期间还发起11万人参加和平签名活动。

12. 土地改革

1950年8月,根据"依靠贫雇农、团结中农、中立富农,有步骤、有分别地消灭封建剥削制度,发展农业生产"的土改路线,全县由点到面地开展土地改革。外冈区杨甸乡和娄塘区塘西乡作为嘉定县的正、副实验基点,于9月底完成土改。之后,全县土改运动全面展开,至1950年12月,全县土改基本结束。土改中,共召开乡以上斗争大会565次,参加斗争的干部群众13.86万人次,上台控诉揭发地主恶霸罪行的有4812人次,斗争地主恶霸705人。对采取造谣、威胁或谋害干部群众等手段破坏土改的不法地主、恶霸,先后处决63人,判刑104人,交群众管制193人。全县依法没收、征收土地16.58万亩,没收房屋8728间,粮食521.1万公斤,牲畜564头,农具2.5万件,家具1.08万件,其他财产折合稻谷122.5万公斤。3.32万户农民分得土地15.48万亩,717户农民分得房屋1204间,9165户农民分得粮食69.5万公斤,2012户农民分得耕畜413头,7439户农民分得农具2.04万件。

13. "三反"和"五反"运动

1951年12月,中共嘉定县委按照中央和苏南区党委的指示精神,在县级机关党员干部中开展反贪污、反浪费、反官僚主义的"三反"运动。至1952至6月,全县"三反"运动基本结束,共查处机关干部中的贪污案件200余起,金额7000余元。

1952年春,县委根据上级统一部署,结合机关"三反"运动,在城区和南翔、娄塘3个集镇的工商界中,开展反行贿、反偷税漏税、反盗骗国家财产、反偷工减料和反盗窃国家经济情报的"五反"运动。"五反"运动在组织工商界结合学习自整自肃,发动群众初步开展检举、揭发后,接上级通知,运动终止,转入春耕生产和春季物资交流大会。

14. 统购统销

1953年10月,中央决定在全国范围内实行粮食统购统销政策,要求严格控制粮食市场,不准私营粮商经营粮食。同年11月,嘉定在马陆、望仙两乡进行粮食统购统销试点,取得经验后在全县实施。经过宣传教育、定产评产、归户计算、民主评议和张榜公布,当年全县完成粮食统购3.32万吨,统销2.09万吨,人均口粮308.25公斤。粮食实行统购统销后,各私营粮店相继关闭或转业,粮食市场稳定。翌年6月,各集镇设立国家粮食市场10余处。1954年9月,按照国家统一部署,又实施棉花和棉布的计划收购和计划供应。

15. 农业合作化运动

1950年,县委在各区、乡开展组织临时互助组(又称季节性互助组)的典型示范工作。当年,全县发展互助组约200个,参加农户约占总农户的1.72%。土改结束后,互助组发展迅速,至1951年底,全县建立互助组2282个。1952年起,季节性互助组逐步向常年互助组发展,1955年,全县有互助组3371个,参加农户占总农户的62.68%。

1952年初,县委、县政府按照中央"号召农民组织起来,发展生产,走共同富裕的道路"的要求,试办嘉定县第一个初级生产合作社——裕农初级农业生产合作社。1954年又陆续发展44个。1955年秋,县委贯彻中共中央《关于农业合作化问题的决议》精神,掀起农业合作化高潮。至年底,全县建立初级农业生产合作社1084个,入社农户占总农户的54.43%。

1956年2月,县委以裕农初级农业生产合作社为基础,吸收邻近的5个村、28个初级社和133户单干户,成立嘉定县第一个高级农业生产合作社。之后,一批初级社陆续通过扩、并、联升为高级社。同年秋,高级社发展速度加快,由初级社升级的和新建的高级社共241个,入社农户占总农户的98.04%。

高级社成立后,县委针对合作社规模扩大和干部管理经验不足的实际情况,分期分批培训干部,由点到面推行"三包一奖"(包工、包本、包产、超额奖励)和"定田保工"等生产责任制,并充分利用高级社优势,组织农民大搞农田基本建设,平整土地,建立电灌站,改造高亢地和低洼地等。

16. 对私营工商业和个体手工业的社会主义改造

1953年起,县委根据国家对私营工商业、个体手工业社会主义改造的有关方针政策,对全县的私营工商业进行有计划、有步骤的改造。对私营工业企业,通过加工、订货、统购、包销或收购、经销等措施,实行利用、限制、改造的政策,将其纳入中级或低级的国家资本主义形式;对经营粮棉商品的私营商业企业,结合实行粮棉统购统销政策,经过整顿,部分转为经销代销,部分转业或停业。

1955年12月,县委成立对私改造领导小组及其办公室,制定各行业具体对私改造计划,掀起对私改造热潮。1956年1月底,私营工业企业顺利完成社会主义改造任务,全县89家私营工业企业,通过迁、并、联营等形式改组成国营、地方国营、公私合营企业共59家。全县2000余户私营商店(贩)分别组成公私合营商店、合作商店、合作小组共187家。另有从事交通运输业和散居全县的个体手工业者9000多家(人),分别组成生产合作社、生产合作小组50余个。

17. "肃反"运动

1955年12月,根据中共中央《关于展开斗争肃清暗藏的反革命分子的指示》,中共嘉定县委成立"肃反"运动五人小组和肃反办公室,下设财贸、党群、文教、工厂、政法五个口,并抽调300多名干部经过集训后作为"肃反"运动的骨干。被列入肃反范围的除县区两级党政机关及乡镇干部外,还包括企事业单位的干部、教师、职员、技术人员及部分工人。1956年5月起,县委采取先党政机关、后企事业单位的步骤,由点到面分期分批地开展运动。每一单位的"肃反"运动一般都经历坦白检举、小组斗争、调查核实、甄别定案四个阶段。至1957年7月,"肃反"运动基本结束,全县共有39人被定为反革命分子。

18. 嘉定县第一届人民代表大会

新中国成立之初,全国人民代表大会的职权由中国人民政治协商会议全体会议代行。1953年1月30日,中央人民政府作出《关于召开全国人民代表大会及地方各级人民代表大会的决议》,决定于1953年召开由人民普选的乡、县、省(市)各级人民代表大会,然后在此基础上召开全国人民代表大会。

1953年4月,嘉定举行第一次普选,全县72个乡镇共选举乡镇人民代表大会代表2757人,并选举产生县人民代表大会代表226人。1954年7月3日至8日,嘉定县人民代表大会第一次会议召开,出席代表212人,列席7人。大会审议和批准县人民政府工作报告,总结检查全县农业生产、互助合作、统购统销等工作。大会选举出席江苏省第一届人民代表大会代表4人。

嘉定县人民代表大会作为地方国家权力机关,行使法律赋予的职权,在嘉定行政区域内,保证宪法、法律、行政法规的遵守和执行;依照法律规定的权限,通过和发布决议,审查和决定嘉定地方的经济建设、文化建设和公共事业建设的计划。

19. 中共嘉定县第一次党员代表会议

中共嘉定县第一次党员代表会议于1955年11月20~23日召开。出席代表256人,列席53

人。

会议的中心内容是学习贯彻毛泽东《关于农业合作化问题》报告和中共七届六中全会决议精神,制定嘉定县农业合作化规划。会议审议通过牟敦高作的《为贯彻党的全国代表会议和七届六中全会的决议而奋斗》的报告,刘玉山作的《为完成和超额完成国家第一个五年计划给予嘉定县的任务而奋斗》的报告;选举产生中共嘉定县监察委员会。

会议在回顾前几年农业合作化进程及其成绩和经验的基础上,分析广大农民为摆脱贫困迫切要求组织起来,走农业集体化道路的愿望,决定遵照中共中央的指示精神,全面规划,积极热情地领导农业合作化运动。会议要求到1957年,使全县88%的农户参加农业合作社。会议对部分干部在农业合作化发展速度问题上的不同意见,视为"前怕狼、后怕虎"的右倾保守思想予以批评,从而助长了以后在领导农业合作化运动中的急躁冒进情绪。

20. 政协嘉定县第一届委员会

中国人民政治协商会议嘉定县委员会(简称县人民政协)建立于1956年2月,由中共嘉定县委、各人民团体、无党派民主人士和各界代表组成。县人民政协第一届委员会共举行三次会议:第一次会议于1956年2月25日至27日召开。会议听取并讨论中共嘉定县委的政治报告;选举11人组成的县人民政协第一届委员会常务委员会;通过了"团结全县人民,共同努力,克服困难,和全国人民一道,为建设一个伟大的社会主义国家而奋斗"的决议和《向毛主席致敬电》。第二次会议于1957年3月29日至31日召开。会议听取并审议常委会工作报告和政协主席《关于目前形势和县人民政协1957年工作意见》的报告。会议号召全县各界深入开展增产节约运动,为保证胜利完成1957年国家经济建设计划,为第二个五年计划打下良好的基础而奋斗。第三次会议于1958年间召开。由于"反右"斗争被严重地扩大化,6名委员被错划为"右派分子"。

"文化大革命"期间,县人民政协停止活动,至1981年7月恢复。

21. 中共嘉定县委员会第一届代表大会

中共嘉定县第一届代表大会第一次会议于1956年5月8~11日召开。出席代表331人,列席14人。

这次大会是在嘉定县取得对农业、手工业和资本主义工商业社会主义改造胜利的形势下召开的。大会根据《1956~1967年全国农业发展纲要(草案)》精神,认为当前应集中一切力量发展农业生产和工业生产,支援国家社会主义工业化建设。大会还提出在保证完成国家粮棉计划种植面积的前提下,适当扩大传统经济作物种植面积,发展养猪养羊、黄草编织等副业生产,以增加农民收入,改善他们的物质生活。大会在制定整顿、巩固、提高初级农业生产合作社规划的同时,提出1956年秋后全县基本实现高级农业合作社的任务。

大会选举产生中共嘉定县第一届委员会委员21人、候补委员4人。选举出席江苏省首次党代表大会代表4人,候补代表1人。全会选举产生出新的县委常委、书记和副书记。

22. 解放初期的扫盲运动

1949年,我国约有人口5.5亿,文盲率高达80%。文盲成为摆在新政权面前的一个亟待解决的难题。1950年,第一次全国工农教育会议召开,毛泽东在会上提出"开展识字教育,逐步减少文盲"的号召,一场轰轰烈烈的扫除文盲运动于是在全国范围内展开。

解放初,嘉定吸收老解放区经验,在农村兴办以扫盲识字为主的冬学,结合识字宣讲党的政策,介绍农业增产经验,并开展文娱活动。1951年,嘉定响应中央开展扫盲运动的号召,在各城镇、工厂、街道举办各种扫盲识字班。当年,全县有职工业余学校18所,学员3100人,教师115人。1952年,为加速扫除文盲,全县各区选择有一定文化水平和教学经验的群众教师,经过培训,聘为民校的专职教师,并推广每人每周识200多字的"速成识字法"。至1956年,全县有职工业余学校17所,扫盲学员3537人;居民业余学校23所,扫盲学员3632人;农民业余学校331所,扫盲学员8002人;干部业余学校5所,扫盲学员48人。

1957年后,县人民委员会先后成立县扫除文盲协会、县工农业余教育委员会,以40岁以下青壮年为主要扫盲对象。1959年春,县教育局业余教育干部在杨村、朱桥等乡进行青壮年突击扫盲试验并推广于全县,当年,脱盲的占全县青壮年文盲的70%左右。

解放初期的嘉定扫盲运动,使广大农民在文化上摆脱旧社会的噩梦,实现自身的解放,为改变农村的落后面貌提供了条件。扫盲运动使嘉定迈出了社会主义建设最初的步伐。

23. 裕农农业生产合作社

1952年春,中共嘉定县委以马陆区陈永元互助组为基础,试办全县第一个半社会主义性质的初级农业生产合作社,名为裕农初级农业生产合作社。入社农户16户,人口62人,劳动力33个,入股耕地7.2公顷,入社农户推举陈永元为社长。初级社实行土地入股、土地分红与按劳分配相结合,土地统一安排种植,劳动力统一安排支配,经济、物资统一收支和使用,收益由合作社统一分配。合作社成立后,农作物全面丰收,社员分配收入增长。1956年2月,裕农初级农业生产合作社成立了嘉定县第一个高级农业生产合作社——裕农高级农业生产合作社。

1958年9月,裕农高级农业生产合作社加入嘉定县第一个人民公社——马陆人民公社。

24. 嘉定县锡剧团

嘉定县锡剧团前身为芳和林记锡剧团,活动于常州、无锡一带。1952年9月,经苏南行署文化事业管理局集训后,芳和林记锡剧团被分配到嘉定,更名为嘉定县星艺锡剧团,时有演职员56人。1954年,星艺锡剧团由私营改为集体所有制艺术团体,经济上自负盈亏。1955年,星艺锡剧团改名为嘉定县锡剧团。1956年4月,该团参加松江专区戏剧观摩会演,演出现代锡剧《漳河湾》,获集体表演奖、导演奖、音乐伴奏奖、舞台美术奖、剧本改编奖。1957年4月,参加江苏省第一届戏曲会演,演出传统锡剧《孟丽君》,获演出奖、剧本奖。剧团坚持"一根扁担两条腿,送戏下乡为农民"的宗旨,定点、定时下乡为农民演出,被誉为文化战线上的一面旗帜。1959年4月,中共八届七中全会在上海召开,上海市文化局调濮阳、林月珍参加会间演出,毛泽东、刘少奇、朱德、彭德怀等中央领导人观看他们演出的传统剧目《双推磨》片断。

"文化大革命"中剧团被迫解散,1978年重建。因演出上座率每况愈下,经费难以为继,1989年2月,县政府决定予以解散。在妥善安置全团48名演职员和13名退休人员后,于5月21日解散。

25. 嘉定黄草编织

嘉定徐行黄草编织堪称民间手工艺制品一绝,最早始于唐代,至今已有一千多年。当时由于徐行一带人稠地少,农民喜欢水旱轮作,这种耕作方式非常适合黄草的生长,所以,愈来愈多的人从事黄草编织。清同治年间,形成以徐行镇为中心的黄草编织区,黄草编织成为当地农民的一项主要家庭手工业。

1914年,意大利洋行让当地人为代理,向徐行农民直接收购黄草织品,行销东南亚和欧美各地。从此,嘉定徐行农民的黄草织品开始走出国门,打入国际市场。30年代末期,嘉定黄草编织发展到鼎盛时期,从事黄草编织的农民达4万多人,织品销往美国、南洋和西欧。

解放后,嘉定十分重视黄草编织这一民间工艺的恢复和发展。1950年春,苏南合作总社拨款1500元、大米1.865万公斤,收购草拖鞋2万双、手提包6000只,运销华北各省。1956年5月,中央新闻电影制片厂拍摄了《嘉定黄草编织》新闻纪录片在全国各地放映,从此,精美的黄草织品名扬四海。群艺社的编织能手李月琴精心设计、编织的和平鸽图案拖鞋,在1956年民主德国举办的莱比锡博览会上获得艺术奖章。

"文化大革命"期间,农户编织黄草品被作为"资本主义尾巴"受到限制。1979年后,黄草织品又恢复发展。黄草织品有拖鞋、提包、果盒、杯套、帽子、钱夹、茶盘等10个大类、1500余种品种。1985年,徐行乡与上海工艺品进出口公司联营,成立上海工艺品进出口公司徐行草编联营厂。1992年与加拿大安大略省合资成立徐行工艺品有限公司。1990年,徐行全乡草织品总产值261.1万元,为国家创汇55万美元。

近年来,由于塑料工业的发展,黄草原料的减少,编织手年龄老化,手工编织效益低等因素,黄草编织业发展缓慢。

2008年,徐行黄草编织工艺入选第二批国家级非物质文化遗产名录。

第二章 开始全面建设社会主义时期
（1957～1966.4）

一、概　述

生产资料私有制的社会主义改造基本结束以后,嘉定开始转入大规模的社会主义建设。从1957年到"文化大革命"前夕的十年中,嘉定经济建设和社会各项事业取得了令人瞩目的成绩。但是,由于党在工作指导思想上的失误,嘉定同全国各地一样,也经历了曲折的发展过程。

1956年9月,中共召开的八大,确定了把党的工作重点转向社会主义建设的重大决策。在八大路线指引下,嘉定人民在县委、县政府的领导下,开始大规模的经济建设。在农业战线上,大张旗鼓地兴修农田水利、推广优良品种和先进耕作技术,农业抗御自然灾害的能力显著增强,农业机械化、电气化、化学化步伐加快,群众性的科学实验活动广泛开展。在工业战线上,具有一定生产能力的机械、化肥、农药等县属工业企业先后创办,社办工业在小机械、小五金、小化工、小纺织、小建材的"五小工业"的发展中开始创办。职工群众积极开展技术革新,全县涌现一批"土专家"、"生产能手"和"革新闯将"。国营商业和集体商业发挥商品流通的主渠道作用,保障社会供给和发展生产。在发展经济的同时,教育事业也开始了新的"跃进",初中、高中和各类职业技术学校相继开办。1959年始,嘉定大规模兴建城区道路,环城路、城中路、清河路相继建成通车;工人新村井始兴建,城中路、温宿路住宅区和"六一"新村先后建成。1964年,由市区直通嘉定的煤气供应工程建成,城厢镇成为市郊第一个有煤气设施的县城。"大跃进"期间,全县疏浚6条干河和大量小型河道,辟建公路8条,全长50多公里。

在嘉定经济社会加速发展的过程中,嘉定也经历了"反右"斗争扩大化、"大跃进"和人民公社化运动的"折腾"。

1957年9月,按照江苏省委的统一部署,中共嘉定县委开展以反对官僚主义、宗派主义和主观主义为内容的整风运动。整风运动分别在县级机关党组织、中小学、工商企业和文化艺术等单位内开展,参加整风的单位纷纷召开各种形式的会议,听取党内外群众的意见,接受党内外群众的批评。党内外群众则以"大鸣、大放、大字报、大辩论"的"四大"形式向党和政府及干部提意见。11月底,县委整风领导小组按照中央《关于组织力量反击右派分子进攻》的精神和江苏省委和松江地委的部署,开始开展反击"右派分子"进攻的斗争。在整风运动中提意见比较尖锐的干部、群众和知识分子,大多被定为发表反党反社会主义言论。按上级的要求,并经逐级上报审定,全县共划定"右派分子"123人,定为"反党反社会主义分子"和"反革命分子"的38人,被内定为"中右"的111人。一批知识分子、党外人士和党内干部被错划为"右派分子",受到批判和处理。

1958年5月,中共八大二次会议通过的"鼓足干劲,力争上游,多快好省地建设社会主义"总路线,掀起全国追求建设高速度的"大跃进"运动。7月,县委召开干部扩大会议贯彻八大二次会议精神,要求全县党员干部"认清跃进形势,扩大眼界,解放思想,重新修订1958年农业生产指标"。会议组织"打擂台"活动,各乡各社的生产指标越订越高,水稻亩产指标由3500公斤上升到4.2万公斤,棉花亩产指标由1000公斤上升到6500公斤。8月,县委召开万人跃进誓师大会,要求高级社"土地深翻3尺,水稻密植50万穴"。8月15日,市委检查团到嘉定督促"大跃进",使嘉定的"大跃进"达到高潮。10月初,为放"水稻高产卫星",不少社队将正在扬花灌浆的水稻10亩并1亩,导致稻田颗粒无收。

在农业生产"大跃进"的同时,工业战线也掀起大炼钢铁的高潮。县委执行上级指示,要求全县人民响应中央号召,开展"全民动员,大炼钢铁"运动。其时,县委成立钢铁生产指挥部,指挥各行各业紧急征集废钢铁、毛竹、电工器材等物资,"支援钢帅升帐"。是年嘉定确定全县炼钢指标1万吨,机关、学校、工厂、商店纷纷建造土高炉,投入到大炼钢铁的热潮中。至1959年底,全县炼劣质钢1500多吨,造成人力、财力、物力的巨大浪费。

1958年9月,根据中共中央《关于在农村建立人民公社问题的决议》精神,嘉定全县高级社在几天内全面实现人民公社化。各公社根据"组织军事化"、"生产战斗化"的要求,以公社为团、管理区为营、大队为连、生产队为排进行管理,同时按照农民年龄、性别分成主力部队、地方部队、后勤部队和突击队。公社社员的生活实行集体化,全县开办农民集体食堂1901处,全部实行"吃饭不要钱"。人民公社的经营管理体制,使土地由一家一户的分散经营变为计划经济下的"三级所有,队为基础"的经营模式,严重地影响了农民的生产积极性。

由于受"反右"斗争扩大化、"大跃进"和人民公社化等运动的影响,嘉定经济增速明显减缓,1957年~1963年间,全县工农业总产值年均下降1.32%。

1961年4月,县委按照国民经济调整"八字方针"和《农村人民公社工作条例(草案)》,采取停办农村集体食堂,补分、补足社员自留田,开放集市贸易,调整公社和生产队规模,完善生产责任制,改进评工记分方法等措施,同时对在运动中被错误处分的干部,分别进行甄别纠正。在县委、县人民委员会的一系列措施下,全县干部群众的积极性重新得到调动,嘉定的经济和社会发展走上健康发展的轨道。至1965年,全县工农业总产值达1.97亿元,比1957年增加27.8%。

二、大 事 记

1. 1957年

3月,南翔镇集资5807元修缮古猗园,于当年10月1日竣工开放。1963年起改隶上海市园林局管辖。

5月,县委召开扩大会议,传达、学习毛泽东主席《关于正确处理人民内部矛盾的问题》。

9月26～29日,嘉定县召开第二届人民代表大会第二次会议,讨论开展全民整风运动等事宜。

10月26日,嘉定县竹刻艺人潘行庸和草织能手李月琴出席第一次全国工艺美术艺人代表会议,和与会代表一起受到中共中央副主席朱德接见。

11月底,嘉定县开展反"右派"斗争,1.68万人参加,至翌年底结束,123人被划为资产阶级"右派分子"。1959年后,部分"右派分子"陆续摘帽。中共十一届三中全会后全部得以改正并落实政策。

是年,高级社对生产队实行"三包一奖"(包产、包本、包工,超产奖励)生产责任制。

是年,为国家第一个五年计划的最后一年,全县工农业总产值1.52亿元(工农业产值分别占64.3%和35.7%),年平均递增率为9.4%。

嘉定竹刻艺人潘行庸(1886～1961)带徒传艺

(照片提供 季 颖)

解放初,嘉定县商业局设在原嘉定县棉业公会内(现嘉定镇街道清河路215号)。图为1957年嘉定县商业局址

（照片提供　许　锋）

解放初,外冈钱家祠堂旧貌　　　　　　　　（照片提供　姚旭参）

2. 1958年

1月9日,《中华人民共和国户口登记条例》公布,嘉定县农村全面进行户口登记。

1月17日,经国务院批准,嘉定县划归上海市管辖。

1月,南翔镇被评为上海市爱国卫生运动先进单位。1960年,镇长鲁福昌代表南翔镇出席全国文教卫生群英会,该镇获国务院颁发的"爱国卫生先进单位"奖状。

1月,在全县各界人民中开展以《全国农业发展纲要(修正草案)》为中心内容的宣传活动。

2~3月,全县出动70万人次查钉螺灭钉螺,至1970年基本消灭钉螺,血吸虫病人治疗率达99%。

3月,上海市公交公司汽车三场在嘉定县境内辟北嘉线。4月1日通车,从市区虬江路北火车站起至县城西门,全程31.82公里。

6月,嘉定县宣传"鼓足干劲,力争上游,多快好省地建设社会主义"的总路线。之后,"大跃进"运动逐步形成高潮。

7月10日,嘉定县图书馆开馆。馆址设孔庙内,时有藏书6万余册。

9月25日,马陆人民公社成立,为嘉定县第一个人民公社。至28日,徐行、南翔、长征、娄塘、外冈、黄渡6个人民公社相继建立。实行政社合一体制。

9月,县建立炼钢指挥部,要求各行各业紧急征集废钢铁、毛竹、电工器材等物资"支援钢帅升帐",开展大炼钢铁运动。

10月3~5日,嘉定县召开第三届人民代表大会第一次会议。因受全国"大跃进"的影响,提出"建厂满天星"和"跃进再跃进"等一些不切实际的口号。

10月,嘉定县开展批判"促退派"、"观潮派"和"秋后算账派"的运动。至10月底,全县有332名公社、大队、生产队干部,因对高指标、浮夸风和瞎指挥等持不同看法,而遭批判,有的被作为"白旗"撤职。1961年后进行甄别纠正。

11月,嘉定县首届农民运动会在县城举行,700多名运动员参赛。

12月20~22日,召开中共嘉定县第二届代表大会第一次会议。

12月,嘉定县城厢镇、安亭镇、桃浦公社分别被列为上海市卫星城镇和工业区。之后,一批中央部属和市属科研单位相继迁至城厢镇,遂有嘉定科学卫星城之称。

棉田管理
（照片提供　嘉定区档案馆）

稻田管理
（照片提供　嘉定区档案馆）

人勤猪壮
（照片提供　嘉定区档案馆）

1958年10月23日,全国人大常委会委员长刘少奇到徐行人民公社视察农业生产

（照片提供 嘉定区档案馆）

1958年10月,外冈人民公社社员在田间使用绞盘绳索牵引机深翻土地,以期农作物高产丰收 （刊于《解放日报》1958年10月23日二版,摄影赵立群）

　　1958年12月,嘉定、太仓、昆山三县合浚浏河第一期工程开始。嘉定县出动民工1.5万人,负责疏浚境内串心港西至双塘河口,全长6.73公里。于翌年6月上旬完工

（照片提供　嘉定区档案馆）

1958年，由上海市卫生局、上海市第一医学院会同嘉定县建立上海市嘉定乡村医学院。后易名嘉定县卫生学校。1962年，改由上海市卫生局领导。1963年迁往马陆。1968年停办。1978年复校，先后开设医士、护士、助产士等专业

（照片提供　章丽椿）

1. 上海市嘉定乡村医学院院部（嘉定镇东大街312号）
2. 师生参加建校劳动

上海市嘉定乡村医学院

1. 学生在教室听课
2. 上海市嘉定乡村医学院全体教职员工与市第一医学院领导合影

1958年秋,在"生活集体化"的口号下,全县建立农民食堂1901处,社员自留地收归集体种植。在"吃饭不要钱"、"敞开肚皮吃饱饭,鼓足干劲搞生产"等口号的影响下,被迫动用国库粮109万公斤以补购销缺口。翌年1月恢复粮食定量供应。之后农民食堂相继停办。图为娄塘人民公社前进大队农民食堂开饭时一景 　　　　　　　　　（照片提供　季　颖）

1958年,南翔人民公社二大队二中队(窑村)采用"营养钵"育棉苗获高产,获国务院授予"农业社会主义建设先进单位"称号 （照片提供　张建伟）

1958年8月14~16日,在全国大跃进形势推动下,县委和县人委召开万人大会,开展"摆擂台"、"放卫星"竞赛活动,各区、乡生产指标竞相加码。水稻亩产由3500公斤上升到4.2万公斤;棉花亩产籽棉1000公斤上升到6500公斤,浮夸风盛极一时。图为徐行乡小庙村的小麦卫星田

　　　　　　（照片提供　嘉定区档案馆）

1958年,在"向科学进军"的号召下,嘉定卫生系统大搞科学研究。图为医务人员正在精心培养细菌,观察其生长情况 （照片提供 章丽椿）

1958年4月27日,马陆乡企业职工投身"除四害"活动,在屋顶上驱散麻雀
（照片提供 上海市档案馆）

1958年，马陆人民公社借助上海市区干部下乡支农热潮，大办工业。马陆农机厂是办得较早的工厂之一

（照片提供　马陆镇）

1958年10月，马陆人民公社掀起农民大炼钢铁热潮。图为公社农具厂用土制的小高炉炼钢场景　（刊于《解放日报》1958年10月14日二版，摄影赵立群）

1958年,马陆人民公社自己开办书店,送书下乡。图为农民正在田头选购自己喜爱的书刊（刊于《解放日报》1958年8月11日三版,摄影郭仁义）

1958年4月,长征乡的一些家庭妇女在南翔参加筑铁路义务劳动
（照片提供　上海市档案馆）

1958年,长征人民公社组织妇女投身"大跃进",以优异成绩向1959年元旦献礼
（照片提供　上海市档案馆）

　　1958年10月,徐行人民公社在钱桥印村开办农业大学,后改名为徐行农业专科学校。学校经费由公社负责,学生的书费、伙食费、零用钱由勤工俭学收入中供给。招收由各生产队选送、贫下中农出身、思想好、具有初中毕业或相当于初中文化水平的青年45人为学员,培养农业技术人员。学习内容以作物栽培,植物保护为重点。一边学习书本知识,一边种植棉花、小麦、油菜等试验田作物。1962年9月停办,学员回大队、生产队劳动

（照片提供　嘉定区档案馆）

徐行农业大学
（照片提供　嘉定区档案馆）

徐行农业大学
（照片提供　嘉定区档案馆）

人民公社食堂壁画，2009年8月第三次全国文物普查时嘉定文物普查队发现。该壁画保存于原娄塘人民公社太平村大队第四生产队农民公共食堂旧址（现嘉定工业区赵厅村战斗439号）。壁画是当年被派驻此地参加大生产运动的上海市第一女中的师生所画

（照片提供　江汉洪）

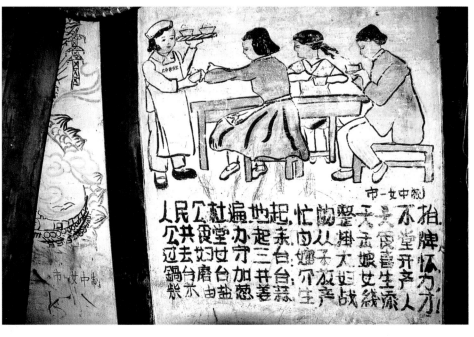

3. 1959年

2月14～23日，中共嘉定县第二届代表大会第二次会议召开。

春，成立县土壤普查鉴定委员会，嘉定县首次进行土壤普查。

5月，贯彻中共中央第二次郑州会议精神，纠正1958年"大跃进"和人民公社化运动中"一平二调"的"共产风"错误。全县退还土地456亩、房屋3124间、兑现各种物资折价款109万元。

5月，调整人民公社规模，全县7个人民公社划分为14个人民公社。

6月26日，嘉定县人委颁发布告，恢复社员自留地制度。时全县有自留地23726亩，占耕地面积的4.27%，人均0.08亩。

7月24日，上海市文物管理委员会文物普查小组在嘉定县外冈镇发掘汉代古墓一座，出土战国遗物陶制"郢爰"，为研究古上海与楚国的政治、经济、文化发展提供了重要资料。

7月30日～8月1日，嘉定县召开第三届人民代表大会第二次会议，并针对嘉定县划归上海市管辖的新情况，讨论如何贯彻郊区为城市服务的方针，发展副食品生产和争取粮食自给等事宜。

8月23日，嘉定县第一个农民新村在长征人民公社开工兴建。有2层楼住房30余幢，可容纳100多家农户居住。并有商店、诊所、餐厅、托儿所、幼儿园等配套设施，建筑面积为1.2万平方米。

是年，国家在嘉定县城兴办上海科技大学、上海科技专科学校，作为嘉定科学卫星城的组成部分。

1959年，嘉定县人委举办档案干部学习班　（照片提供　嘉定区档案馆）

1959年10月，嘉定县博物馆成立，初建时馆址设城内原秦家花园。1961年易址孔庙。图为成立时嘉定县政府领导在致词　（照片提供　葛秋栋）

　　1958 年 1 月,机关干部下放农村劳动锻炼。至 10 月,嘉定有下放干部 15140 人,其中上海市区下放 14884 人,江苏省直机关及外省市下放 103 人,本县下放 153 人

　　图 1、2 为 1959 年上海申新第九棉纺厂下放干部在马陆人民公社参加水稻喷洒农药除虫和指导农民修理喷雾器　图 3、5 为 1959 年国棉十二厂的下放干部在马陆人民公社参加开挖中槎浦河和承担养猪任务　图 4 为 1959 年国棉十一厂的下放干部在马陆人民公社北管大队帮助该队安装沼气井,解决农民的生产生活用燃料 　　　　　（照片提供　马陆镇）

1959年4月18日,南翔中学春季运动会获第一、二名的学生合影 (照片提供 季 颖)

1959 年,南翔中学的师生在操场上制作砖头 (照片提供 季 颖)

1959 年，黄渡人民公社社员将一船船晒干的油菜籽送往粮油收购站 （刊于 1959 年 6 月 10 日《解放日报》三版，摄影赵立群）

1959 年 7 月，华亭人民公社第四生产大队分支部书记高炳华（左）和第八生产大队队长武介寿在田头学习党刊 （刊于 1959 年 7 月 25 日《解放日报》三版，摄影赵立群）

1959年，黄渡人民公社许家生产队畜牧饲养员打捞河浜中的水花生等杂草喂猪（刊于1959年6月11日《解放日报》头版，摄影赵立群）

1959年，长征人民公社为丰富上海市区市民的副食品供应，办起饲养场，养殖北京鸭（刊于1959年2月28日《解放日报》三版，摄影赵立群）

1959年5月,马陆人民公社一分为三,分别建立马陆、城东、城西人民公社。图为城西人民公社建立时机关干部合影

（照片提供 陈善祥）

1959年,嘉定县参加首都"人民公社工业馆"展览的部分工业产品

（照片提供 嘉定区档案馆）

1959年,嘉定县城乡展示工农业取得的成就,向国庆10周年献礼(一)

(照片提供 嘉定区档案馆)

1959年,嘉定县城乡展示工农业取得的成就,向国庆10周年献礼(二)

(照片提供 嘉定区档案馆)

　　1959年2月，在上海社会科学院下乡师生的协助下，徐行人民公社七大队三中队（新潭村）成立徐行人民公社新民业余体育大学，由社会科学院下乡教师任教练。学员是当地不脱产男女青壮年社员，共202人。每天清晨集中进行训练，劳动间隙时田头分组锻炼，训练项目有手榴弹、标枪、铁饼、赛跑、跳远、跳高等。其中123人经两个多月锻炼，达"劳卫制"一级标准。学校还发动和组织一些中老年社员利用工前和田头休息做广播操。该校的建立，受到上海市体委的重视。同年12月19日，新民业余体育大学副校长徐洪娟赴北京出席全国群英会。12月底，上海社会科学院师生撤回上海市区，后停办

（照片提供　嘉定区档案馆）

徐行人民公社新民业余体育大学学员学习训练即景　　　（照片提供　嘉定区档案馆）

4. 1960年

2月中旬,嘉定县农村开展以社会主义和资本主义两条道路斗争为中心内容的社会主义教育运动,揭露干部贪污、浪费、官僚主义、强迫命令等问题。

3月19日,嘉定县召开首届民兵代表会议。

4月15日,嘉定县有3名先进集体代表和1名先进个人出席全国民兵代表大会。4月23日,受到毛泽东、刘少奇、周恩来等中央领导人接见,并获五六式半自动步枪一支、子弹400发。

4月中旬,嘉定县开展"新三反"(反贪污、反浪费、反官僚主义)运动。

8月3~4日,嘉定县遭暴雨袭击,平均降雨量为255.9毫米。全县受涝面积12万亩,216间民房、56间仓库、688间畜棚倒塌,15万公斤粮食受潮。4~6日,每天有10万人投入抗灾斗争。

11月,贯彻中共中央《关于农村人民公社当前政策问题的紧急指示信》(即十二条),进一步纠正"一平二调"的"共产风"错误。至1961年6月,全县退还农民土地2339亩、房屋11324间、家具10979件、小农具48372件,兑现各种物资折价款133万元。还有部分遗留问题,后陆续处理。

年底,嘉定县12条县级公路修筑竣工,总长106.79公里。至此,以县城为中心通往各社、镇的公路网络形成。

1960年5月,上海市爱卫会在南翔召开爱国卫生现场会,向全市发出"学南翔、赶南翔、超南翔"的口号。《文汇报》以《南翔,水洗过的!》为题,发表长篇报道,并编入初中语文课本教材。1964年,《新民晚报》刊载《卫生红旗南翔镇见闻》;《文汇报》、《解放日报》又多次作专题报道;《人民画报》及中央新闻纪录电影制片厂也作专题报道,一时各省、市卫生参观团络绎不绝,最多时每天达千人以上

(照片提供　张建伟)

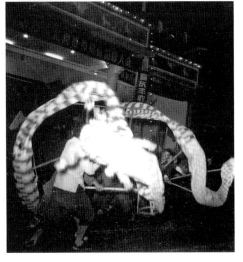

1960 年，嘉定县召开夏收夏种夏管誓师大会，各人民公社组织报喜队敲锣打鼓、舞龙舞狮向大会呈送喜报，表达丰收的喜悦和夺取"三夏"胜利的决心　　　　　　　　（照片提供　嘉定区档案馆）

1960 年国庆节，城厢镇一户居民添置了自行车，喜悦之情溢于言表，合影留念

（照片提供 季 颖）

1958 年，嘉定用拆除古城墙的城墙砖建造人民大礼堂。图为 1960 年人民大礼堂在放映电影《怒海轻骑》时观众入场情景

（照片提供 季 颖）

20世纪60年代，马陆人民公社包桥大队唐屋生产队年终"分红"

（照片提供 季 颖）

20世纪60
年代，长征人民
公社农业机械化
程度较高，是最
早使用拖拉机的
地区之一
　（照片提供
上海市档案馆）

20世纪60年代初,马陆农机厂试制生产柴油机成功。图为生产车间

（照片提供　马陆镇）

1960年,黄渡人民公社联星大队晚稻大面积丰收。图为社员正在晚稻田里精选良种　（刊于1960年10月26日《解放日报》五版,摄影赵立群）

1960年夏收季节，封浜人民公社星火大队农民在打谷场上休息时，观看南翔中学毕业班学生的下乡演出 （照片提供 季 颖）

1960 年 10 月，徐行人民公社红星生产队社员喜拣丰收棉（刊于 1960 年 11 月 30 日《解放日报》三版，摄影马赓伯）

5. 1961年

4月,嘉定县宣传贯彻《农村人民公社工作条例(草案)》(即农业六十条)。

6月7日,嘉定县朱桥、娄塘人民公社遭龙卷风伴冰雹暴雨袭击,历1小时半。有7个生产大队严重遭灾,毁坏房屋1188间,损坏庄稼3500多亩,淹没农田420多亩,死2人,伤39人。

7月,嘉定县开展精减职工和压缩城镇人口的工作。至1963年底,共精减职工1.13万名,减少城镇人口1.08万名。

9月15～20日,嘉定县政协召开三届一次全体会议。

9月16～19日,嘉定县召开第四届人民代表大会第一次会议。讨论以农业为基础,大办农业,大办粮食的方针和巩固提高人民公社等事宜。

10月,再次调整社队规模,由原14个公社划分为19个公社;生产大队从219个调整为244个;生产队从1630个调整为2381个。

12月1日零时起,嘉定县启用6位号码的自动电话。

是年,上海市城市建设局拨款在县城增设自来水压力滤池,由原来4只增至11只。城厢镇有1.5万居民用上自来水。

是年,境内各集镇恢复集市贸易。

1961年10月15日,古巴妇女代表团在长征人民公社参观来航种鸡场

(照片提供 上海市档案馆)

1. 20世纪60年代嘉定农村油菜籽大丰收
2. 20世纪60年代嘉定南翔镇解放街居民大扫除
3. 20世纪60年代马陆竹编

（张祖麟　摄影）

20世纪60年代初，马陆人民公社农具厂成功试制拖轮，投入水上运输

（照片提供　马陆镇）

华亭人民公社中心小学青年教师顾玉英在早晨、中午、晚上上门教课，帮助困难农户孩子学习

（照片提供　上海市档案馆）

1961 年建成的嘉定城中路一条街　　　　　　　　　（照片提供　汤基诰）

1. 城中路一条街——萃华百货商店　　　　　2. 城中路一条街——嘉宾旅社

3. 城中路一条街——嚓城照相馆　　4. 橱窗内商品吸引行人驻足观望

5. 城中路一条街——梅村冷饮室　　6. 店堂内外　　7. 饮食店内的顾客

（照片提供　许　锋）

6. 1962年

1月,嘉定县执行国家对部分工业品实行凭日用工业品购货券供应,对农副产品试行综合换购办法。翌年6月,部分商品退出凭券供应范围。

3月,嘉定县贯彻中共中央《关于改变农村人民公社基本核算单位问题》的指示,实行以生产队为基本核算单位的三级所有制。

9月5日,台风暴雨袭境,全县6.11万亩农田受淹,死3人。

9月,宣传贯彻中共八届十中全会《关于进一步巩固人民公社集体经济发展农业生产的决定》,在全县城乡开展以巩固集体经济、反对投机倒把和单干思想为中心内容的社会主义教育运动。前后历时一月。

年底,嘉定县开展以阶级斗争和两条道路斗争为中心内容的社会主义教育。至1963年3月结束。

是年,疟疾流行。嘉定县患者4.76万人,发病率为1177.6/万。

是年,为国家"二五"计划的最后一年,嘉定县工农业总产值1.41亿元(工农业产值分别占36.9%和63.1%)。"二五"期间后2年,由于紧缩工业和11家骨干工厂归市管辖,工业产值骤降,年平均递减率为11.92%。

嘉定县1962年爱国卫生运动先进单位、先进工作者代表会议

(照片提供 嘉定区档案馆)

1962 年 12 月 13 日，日本妇女代表团在长征人民公社新村大队参观农民新村

（照片提供　上海市档案馆）

1962 年 12 月 13 日，日本妇女代表团和长征人民公社女拖拉机手等合影

（照片提供　上海市档案馆）

1962年11月8日，印度尼西亚妇女运动协会代表团在马陆人民公社托儿所参观 （照片提供 上海市档案馆）

1962年，嘉定县商业局发放的专用商品购货券（照片提供 嘉定区档案馆）

1962年11月8日，印度尼西亚妇女运动协会代表团参观马陆人民公社女社员电动脱粒 （照片提供 上海市档案馆）

20世纪60年代，嘉定县第一中学校门全景 （照片提供 嘉定一中）

1962 年 12 月,徐行人民公社大石皮大队第一生产队社员喜分超产奖励粮(刊于 1962 年 12 月 31 日《解放日报》四版,摄影赵立群)

1962 年 6 月,马陆人民公社马陆大队老农"一对一"带教青年社员插秧(刊于 1962 年 6 月 21 日《解放日报》一版,摄影毕品富)

7. 1963年

3月6~7日,召开中共嘉定县第三届代表大会。

4月24日,国务院总理周恩来陪同阿拉伯联合共和国部长会议执行主席阿里·萨布里,到马陆人民公社参观访问。

4月,嘉定县成立计划生育委员会,进行计划生育的宣传,提倡一对夫妇最好只生两个孩子。

6月,建立嘉定县少年宫。宫址设县城南大街原秦家花园内。

6月,贯彻中共中央《关于目前农村工作中若干问题的决议(草案)》,嘉定县长征、城西、方泰、朱桥、安亭5个公社由点到面地进行社会主义教育运动。至1964年10月结束。

7月10日,县委在县级机关开展反对贪污盗窃、反对投机倒把、反对铺张浪费、反对分散主义和官僚主义的新"五反"运动。1964年又有一批基层单位分批开展"五反"运动。

11月28日~12月3日,嘉定县政协召开四届一次全体会议。

11月29日~12月2日,嘉定县召开第五届人民代表大会第一次会议,提出到1964年实现千斤粮、百斤皮棉、150斤油菜籽的农业生产指标。

是年,嘉定县开展学习雷锋活动。至1965年全县涌现出122个红旗青年突击队、"四好"团支部、先进团支部。1129名青年被评为红旗青年突击手、优秀团员和"五好"青年。

1963年4月24日,国务院总理周恩来视察马陆人民公社 （照片提供 嘉定区档案馆）

1. 1963年,南翔镇解放街上,南翔中学学生送肥下乡的情景

　　（照片提供　季　颖）

2. 南翔真圣生产队社员结婚办喜事俭朴节约,破除旧风俗

　　（照片提供　上海市档案馆）

3. 1963年,南翔拖拉机站机手合影　（照片提供　张建伟）

4. 1963年,城西人民公社虬桥生产队队委兼劳动组组长薛引娣在棉花梗上找落脚花

　　（照片提供　上海市档案馆）

1963 年 7 月 22 日，巴西妇女代表团参观长征人民公社机械化作业
（照片提供　上海市档案馆）

1963 年 10 月 10 日，巴西妇女代表团参观长征人民公社蔬菜地
（照片提供
上海市档案馆）

1963 年 10 月 10 日，巴西妇女代表团参观长征人民公社家禽场
（照片提供　上海市档案馆）

1. 1963年7月18日，印度尼西亚、尼泊尔妇女代表团在长征人民公社参观农民新村

2. 1963年7月18日，印度尼西亚、尼泊尔妇女代表团参观长征人民公社养殖的狮头鹅

（照片提供 上海市档案馆）

8. 1964年

2月17日，县委召开近6000人的三级干部会议，历时8天。贯彻中央《关于加强互相学习，克服固步自封、骄傲自满》的指示，进行反骄破满的教育，学习解放军、学习大寨大队的经验。

春，在干部和群众中开展学习毛泽东著作的活动。至5月，全县建立学习小组654个。

5月6日，全国人大常委会副委员长郭沫若同布隆迪国民会议长塔德·西里乌·尤蒙西一行，到马陆人民公社参观访问。

7月，进行第二次人口普查。7月1日零时，嘉定县总人口421241人，其中男性206145人、女性215096人。

8月，上海市煤气公司始对嘉定县城厢镇的市属工厂和科研单位供应管道煤气。1966年城厢镇1300户居民使用煤气。至1987年全镇1.28万户居民使用煤气。

11月，贯彻中共中央《关于农村社会主义教育运动中一些具体政策的规定（修正草案）》（即"后十条"），全县开展清工分、清账目、清仓库、清财务的"小四清"运动，至1965年4月结束。

20世纪60年代初，嘉定县电影放映队在农村放映露天电影《红色宣传员》

（照片提供 季 颖）

1964年，嘉定县召开爱国卫生运动、计划生育工作先进单位先进工作者表彰大会（照片提供　嘉定区档案馆）

20世纪60年代，为使棉花早发高产，嘉定农村采用棉花"营养钵"育苗。1964年，马陆皮棉亩产达到118斤。图为马陆社员采摘丰收棉（照片提供　马陆镇）

1964年，徐行人民公社乡村小学校上课时的情景
　　（照片提供
上海市档案馆）

1964 年，派驻金山县张堰人民公社的市委"四清"工作组主要由嘉定县干部和部分科研院所、大专院校老师、学生组成。图为"四清"工作组成员在张堰人民公社鲁堰大队时的合影

（照片提供 汤基诰）

1964 年，嘉定县邮电局女民兵，利用业余时间进行训练

（照片提供 陈善祥）

1964 年，上海市医疗队在嘉定开展"血防"工作，图为医疗队队员合影

（照片提供 王一君）

1964 年 9 月，中国第一批自主品牌的轿车——上海凤凰牌轿车在上海汽车制造厂总装

（照片提供上海市档案馆）

1964 年，坐落在方泰人民公社光明大队金家生产队的一棵银杏树，被列为上海市 01 号古树名木。它植于唐代后期，树高 24.5 米，周长 9 米多，直径 3 米。原主枝干 14 根，"文化大革命"期间被截去 9 根。2002 年 4 月，区镇投入 100 万元，动迁 24 户农民，以古银杏为中心，辟建 0.73 公顷古银杏公园，于 10 月建成开放。后安亭镇又投入 100 万元，动迁 5 户农户，公园面积扩至 1.6 公顷。（此照片摄于 20 世纪 80 年代）

（李　侗　摄影）

1964 年 6 月 11 日,阿拉伯联合共和国妇女代表团参观长征人民公社

（照片提供　上海市档案馆）

1964 年 9 月 27 日，印度尼西亚妇女代表团在马陆人民公社棉田参观

（照片提供　上海市档案馆）

1964 年 5 月 8 日，锡兰自由党妇女同盟访华代表团在徐行人民公社参观

（照片提供　上海市档案馆）

9.1965年

2月24日～3月1日,嘉定县召开贫下中农代表大会,成立嘉定县贫下中农协会。

5月,墅沟水闸动工兴建,翌年1月竣工。为嘉定县第一座干河水闸。

6月, 嘉定县宣传贯彻中共中央《关于农村社会主义教育运动中目前提出的一些问题》(简称二十三条)。上海市组成的"四清"工作队4198名队员进驻嘉定县,分期分批开展"大四清"(清政治、清经济、清思想、清组织)运动。

12月,娄塘河拓浚工程开始,工程分3期进行,全长27.86公里,至1969年12月竣工。

是年,为改善渔民居住条件,城东人民公社建造嘉定县第一个渔民新村。

是年,嘉定县农村全部通电,农户普遍用电灯照明。

是年,为国家经济调整时期的最后一年,嘉定县工农业总产值1.83亿元(工农业产值分别占40.2%和59.8%),年平均递增率为9.81%。

1965年1月,嘉定县桃浦人民公社新华大队社员正在河塘内挖淤泥,开展冬季积肥(刊于1965年2月4日《解放日报》一版,摄影赵立群)

开展爱国卫生运动,农村实行粪缸集中　　　　　1965 年,嘉定县爱国卫生运动先进单位、
（照片提供　嘉定区档案馆）先进工作者代表会议召开

（照片提供　嘉定区档案馆）

马陆人民公社卫生院医生在马陆大队杨家村田头看病　　　　（照片提供　李　侗）

1965 年，安亭中学学生在为赴新疆支援建设的毕业生佩戴大红花

（照片提供　张建伟）

1965 年，上海市血防第四大组（崇明、黄浦）来嘉定开展"血防"工作。图为血防组成员在嘉定孔庙合影

（照片提供　王一君）

1965 年，嘉定县徐行人民公社小庙大队"九姑娘"科学实验小组正在测试棉花生长数据

（照片提供　上海市档案馆）

1965年,上海市第一批定居陆上的渔民村——嘉定县城东人民公社渔民新村

（刊于 《上海渔业志》）

1965年4月11日,肯尼亚妇女代表团在马陆人民公社参观农田和竹器编结

（照片提供 上海市档案馆）

1965 年 6 月 27 日，刚果（利）客人参观马陆人民公社卫生院

（照片提供 上海市档案馆）

1965 年 7 月 15 日，日本妇女代表团参观马陆人民公社

（照片提供 上海市档案馆）

10. 1966年1~4月

3月,嘉定县第一座自来水厂在县城北城河畔建成,日供水1万吨。

3月,县委召开扩大会议,学习兰考县委书记焦裕禄的事迹和《解放日报》的社论,提倡艰苦创业精神。

1966年4月19日,智利妇女代表团参观南翔人民公社,与社员一起劳动　　　　　　　　　　　　　　　　　　　　　（照片提供　上海市档案馆）

1966年4月19日,智利妇女代表团品尝南翔小笼包

（照片提供　上海市档案馆）

三、专题叙事

1. 整风运动和反右派斗争

1957年4月,中共中央发出《关于整风运动的指示》,同年9月,根据江苏省委的统一部署,县委成立七人整风领导小组,在县级机关干部、中小学教职员、工商企业管理人员中开展以反对官僚主义、宗派主义和主观主义为内容的整风运动,运动自1957年10月开始至翌年年底结束,历时一年余。

运动开始,由领导作动员报告,号召大家消除顾虑,运用大字报、民主讲台等形式,深入揭露问题,帮助党和各级领导整风。11月下旬,县级机关的鸣放达到高潮,大字报累计5000余张,30余人走上民主讲台,共提意见1万余条,内容涉及统购统销、审干肃反、农业合作化、人事工作、工资福利、生活作风等方面。

11月底,县委整风领导小组根据江苏省委和松江地委的部署,有计划有步骤地开展反"右派"斗争。12月,开展整风运动的单位先后转入反"右派"斗争阶段,至1958年1月中旬,县级机关105名干部受到各种形式的"批判"。同年春,根据中共中央下发的划分"右派分子"的标准,经逐级上报审批后,嘉定县划定"右派分子"123名;另有38人因本人是工人、店员,或有政治历史问题,被分别定为"反党反社会主义分子"和"反革命分子";有111人因有"右派言论",被内定为"中右"。涉及以上问题的人员分别给予开除党(团)籍、劳动教养、开除公职、撤销职务、降职降薪等处分。

1959年后,根据上级指示,嘉定陆续摘掉一批"右派分子"帽子。1978年中共十一届三中全会以后,对在"反右"斗争中被错划错定了的人员,全部予以纠正,并逐个落实政策。

2. "大跃进"运动

1958年7月,根据中共八大二次会议通过的"鼓足干劲,力争上游,多快好省地建设社会主义"总路线,中共嘉定县委召开干部扩大会议,要求全县干部"认清跃进形势,扩大眼界,解放思想,重新修订1958年农业生产指标"。会议期间首次组织"打擂台"活动,生产指标越订越高。8月,县委召开万人全面跃进誓师大会,再次组织"打擂台"、"放卫星"竞赛,并提出"人有多大胆,地有多高产"、"只怕想不到,不怕做不到"等口号。还要求"土地深翻3尺,水稻密植50万穴"。水稻亩产指标由3500公斤上升到4.2万公斤,棉花亩产指标由1000公斤上升到6500公斤。10月,不少社队将已经抽穗灌浆的水稻10亩并1亩,导致颗粒无收。其时,高指标、浮夸风、瞎指挥风泛滥成灾。是年,全县实际水稻亩产326公斤,皮棉亩产35公斤,却上报水稻亩产458.5公斤,皮棉亩产55公斤。

3."全民动员,大炼钢铁"

1958年9月,嘉定贯彻上级指示,在农业生产"大跃进"的同时,在工业战线上也掀起了"全民动员,大炼钢铁"的热潮。其时,县委成立钢铁生产指挥部,确定全县炼钢指标1万吨的目标,要求全县人民响应中央号召,开展大炼钢铁运动。在县钢铁生产指挥部的指挥下,全县各行各业紧急征集废钢铁、毛竹、电工器材等物资,"支援钢帅升帐"。其时,嘉定的机关、学校、工厂、商店纷纷建造土高炉,投入到大炼钢铁的热潮中。至1959年底,全县土炼劣质钢1500多吨,造成了人力、财力、物力的巨大浪费。

4."人民公社化"运动

1958年8月下旬,中共中央北戴河会议讨论通过的《关于在农村建立人民公社问题的决议》,决定在全国农村普遍建立人民公社。北戴河会议公报于9月1日公开发表,关于建立人民公社的决议也于当月10日下达公布,全国随即掀起大规模的人民公社化运动。

1958年9月25日,嘉定县第一个人民公社——马陆人民公社成立。到9月底,全县共成立7个农村人民公社(长征、南翔、马陆、徐行、娄塘、外冈、黄渡),下设69个管理区,参加农户有6.94万户,占总农户的99%,平均每社9917户。人民公社实行工农商学兵五位一体政社合一的体制。其时,公社设置办公室、农业部、畜牧部、工业部、商业部、内务部、建设部、文教卫生部、劳动工资部、生活福利部、财政部、武装保卫部、计划委员会、监察委员会、科学研究所等部门,还有妇联、共青团等群众团体。

公社化初期,实行组织军事化、行动战斗化、生活集体化的管理形式。组织管理军事化以公社为团,管理区为营,大队为连,生产队为排。有的公社还根据社员年龄、性别,具体分成主力部队、地方部队、后勤部队和突击队。在生产管理上实行劳力统一调配,搞"大兵团作战"。在生活管理上,推行伙食供给制,大办集体食堂,实行"吃饭不要钱"。

这一时期,"共产风"、浮夸风、瞎指挥风、命令风和干部特殊化风气盛行。公社无偿调拨人、财、物,集体财产和社员的全部自留地及私有林竹等统归公社所有,由公社统一经营负责盈亏;生产管理听从公社统一指挥和调遣,农民的积极性受到挫伤,加上严重的自然灾害,粮食产量逐年下降。

5.农民公共食堂

1958年秋,在人民公社"生活集体化"的口号下,全县建立农民食堂1901处,在"吃饭不要钱"、"敞开肚皮吃饱饭,鼓足干劲搞生产"等口号下,造成公共食堂粮食的巨大浪费,"吃饭不要钱"的伙食供给制实行不到两三个月,多数食堂已寅吃卯粮。是年,嘉定动用国库粮食1090吨供应农村食堂。之后,农民食堂相继停办。

6.拓浚浏河

嘉定境内干河纵横,支河密布,干支相连,构成水网。旧时,为减轻因浑潮流入造成境内干河淤塞,地方政府频繁组织民工疏浚河道。

浏河(又名刘家港、刘家河),是嘉定北部地区的干河,西起江苏省昆山县,东至太仓县浏河镇长江口,全长40公里,境内长度6.36公里。1958年12月～1959年7月,由嘉定、太仓、昆山三县联合进行大规模的疏浚,三县共出动民工7.5万人,拓浚西起昆山蓬阆公社草芦村,东至浏河镇东长江口,全长24.8公里,挖土1001.4万立方米。嘉定县负责疏浚境内串心港西到北双塘口,长6.731公里,出动民工1.5万名。自1958年12月初动工,至1959年6月上旬完成,挖土

201.1万立方米。

7. "大跃进"中的县属企业

在1958年"大跃进"的热潮中,嘉定的县属工业企业也开始了"跃进"。是年下半年,嘉定铁、木、竹、针织、毛巾等20个手工业合作社先后合并转为6家县全民企业,其中规模较大的有和平毛巾厂、胜建毛巾厂、黄渡跃进船厂,职工多的500名左右,少的200余名。翌年,又有一批集体所有制企业转为县属全民企业。同时,嘉定又创建嘉定化肥厂、嘉定煤球厂等新的县属全民工业企业。到1959年底,全县有全民工业企业62家,职工1.09万名,产值1.79亿元,占全县工业总产值90%。

8. 科学卫星城

1958年1月,国务院决定将嘉定、宝山、上海等县划归上海市。同年,嘉定的城厢镇、安亭镇和桃浦乡分别被上海市辟为卫星城镇和工业区。1960年,中共上海市委将嘉定城厢镇定为上海市发展新兴科学技术基地之一。于是,中央或上海市所属的中科院上海原子核研究所、上海光学精密机械研究所、上海硅酸盐研究所中试基地、华东计算技术研究所,以及上海科学技术大学等一批科研机构,相继在城厢镇新建或从别地迁入,嘉定便有了"科学卫星城"之称。雄厚的科学技术力量产生了对嘉定经济建设强有力的辐射力,科研机构、大专院校和市属企业,为嘉定经济发展提供技术开发、技术培训、技术咨询、技术转让等方面的服务。嘉定部分乡镇依托卫星城的科学技术优势,先后组建科研生产联合体,开发出一批高技术、高效益的产品,促进地区经济的发展。

9. 社办企业的发端

1958年下半年,为实现人民公社的"一大二公"、"五位一体",新成立的人民公社纷纷创建社(镇)办企业,是年下半年,马陆综合利用厂、长征化工厂等272家社(镇)办工业企业先后创办。于此同时,嘉定的17家县属集体企业、2家县全民企业和3家公私合营企业划归人民公社。是年底,全县有社(镇)办企业294家,职工9814名,年产值610万元,占全县工业总产值4.19%。社(镇)办工业企业主要分布在农具修造、农副产品加工、服装缝制、建筑材料生产等行业。由于创办的盲目性很大,1959年7月后,一批社(镇)办企业相继关、停、并、转,原来下放人民公社经营的县属集体企业又划归县手工业联合社管理。是年底,社(镇)办企业减为152家,职工6882人,产值1434万元,占全县工业总产值7.23%。1961~1962年,嘉定进一步整顿社(镇)办工业,全县精简务工社员1583名加强农业生产第一线。至1965年底,全县社(镇)办企业减至65家,职工3594名,产值1377万元,占全县工业总产值18.7%。

10. 农机制造工业

1958年起,为适应农业机械化的需要,嘉定先后创办地方国营东方通用机械厂(1962年划归市管理,改名上海汽车齿轮厂)、嘉定农具五金合作工厂(1970年改名嘉定机械厂)、上海市嘉定拖拉机配件厂、上海市嘉定农业机械修造厂等一批有一定规模的农机工业企业,主要产品有各类通用机床、拖拉机配件、脱粒机、水泵、船用挂机、插秧机,以及"286"柴油机等。同时,各社队也相继创办规模不等的一批农机修造厂(站)。至1970年,全县有农机修造厂(站)233家,其中县办1家,社办21家,队办211家,职工3322人。从而形成县、社、队三级农机修造网,并基本上实现小修不出队、中修不出社、大修不出县的要求。同时先后试制成功机动插秧机、收割机、吸泥船、开沟犁、脱粒机、脱粒清扬机等一批农业机械新产品。

11. 农业机械化

1958年，在"大办工业"和"人民公社化"的热潮中，县属工业和社办工业分别创办具有一定生产能力的农业机械企业，水稻插秧机、收割机、脱粒机等农业机械开始制造。到1960年，全县水稻脱粒基本上实现半机械化、机械化。1958年，上海市农业局调拨捷克25型和罗马45型拖拉机15台，支援嘉定县建立县社两级农机站，开始实行耕地机械化。1964年，嘉定县使用国产丰收35型拖拉机，并置有相应的配套农具。到1965年，全县拥有大拖拉机90台、手扶拖拉机41台，配套农具有铧犁112台、耕耙犁29台，田间机耕作业程度进一步扩大。70年代初，嘉定县推行粮食三熟制，农业机械化发展更为迫切。1973年，全县拥有大拖拉机386台、小拖拉机1654台，配套农具有犁825台，耙521台。全年机耕面积41.2万亩，田间耕耙作业基本实现机械化。

12. 市政建设

在全面建设社会主义时期的十年中，嘉定人民在发展工农业生产的同时，还积极开展城市建设。1960年嘉定城厢镇始建城中路，城中路自南门汽车站至北城河，长2.68公里，宽30米，成为纵贯县城区的交通干道。同时建成的还有城厢镇的清河路，安亭镇的昌吉路、于田路、墨玉路、阜康路及洛浦路。嘉定、安亭两镇分别被市划为卫星城镇和工业区后，按照市的总体规划，加强城镇住宅建设。自1960～1961年，先后在嘉定城厢镇辟建城中路、温宿路住宅区及"六一"新村，在安亭镇辟建昌吉路住宅区，并开展配套设施建设。从60年代起，在嘉定城厢镇的城中路和安亭镇的昌吉路分别兴建一批包括百货、棉布、五金交电、食品以及饭店、旅馆、理发店、浴室等商业房。

13. 交通设施建设

嘉定公路建设始于1928年，至1949年，境内共有公路4条，总长66.7公里，另有县城通往乡镇的泥质或石子路14条，总长135公里。1958年，在"大跃进"的热潮中，嘉定先后修筑了曹安公路（312国道）、徐潘公路、嘉黄公路、嘉朱公路、嘉唐公路、外钱公路、冈锋公路、娄朱公路、施曹公路、澄浏公路、娄陆公路、宝安公路、嘉戬支路等十余条公路，1959年，外青松公路翻建为沥青路面。

嘉定陆上专业汽车客运始于1929年，先后设有5条路线。1958年始有公共交通汽车客运，至1965年，先后开辟北嘉线（嘉定城中—上海北区汽车站）、嘉安线（嘉定城中—安亭）、北安线（安亭—上海北区车站）、嘉唐华线（嘉定城中—唐行—华亭）、嘉朱线（嘉定城中—朱家桥）、淞嘉线（嘉定城中—宝山吴淞）、嘉浏线（嘉定城中—太仓浏河）等路线。

14. 农村用电

民国时期，嘉定县开设过6家电力企业，原为发电厂（公司），后转为馈电公司，用户以嘉丰纺织厂为主。解放后，电力企业由国家经营。1949年，嘉定镇输电线路延伸至马陆集镇，1952年娄塘开放照明用电。1957年架设马陆镇南至县农场、东至包桥全长3.7公里的嘉定县第一条农业灌溉输电线路。1959～1960年，外冈、望新、方泰、安亭、朱桥、南翔、黄渡、封浜、徐行、曹王、华亭、娄塘、唐行等公社相继架设农灌输电线路。至1960年全县输电线路有329.3公里，1964年为359.2公里，1965年全县各生产大队全部通电。

15. 民用煤气

1964年8月，上海市煤气公司在嘉定县城铺设煤气管道供应煤气。嘉定成为市郊第一个使用管道煤气的县,迁入县境的中国科学院上海原子核研究所为首先用煤气的单位。从1966年起,居民家庭开始使用煤气。1969年6月,马陆电珠厂始用煤气。不久,电珠厂附近327户农民家庭相继用上煤气,成为全国最先使用管道煤气的农民家庭。

16. 外宾接待

1956年,苏联农业代表团来县参观访问,是嘉定解放后首批来访外宾。1958年,嘉定划归上海市后,马陆、长征、徐行、黄渡4个公社被市政府列为外宾接待单位,外宾来访参观逐渐增多,嘉定即成为外宾了解中国农村的窗口之一。50年代末至60年代中期,来访外宾以社会主义国家的党政代表团和美国、英国、法国、日本等国的友好团体、知名友好人士居多,并以考察我国农村经济和农业合作化为主要目的。外事交往活动增进了中国人民与世界人民之间的相互了解和友谊,提高了嘉定在国外的知名度,并推动了嘉定的经济建设。

17. 爱国卫生运动

1952年,毛泽东发出"动员起来,讲究卫生,减少疾病,提高健康水平"的号召后,嘉定即成立爱国卫生运动委员会,发动人民群众开展以除"四害"(苍蝇、蚊子、老鼠、麻雀,1959年改麻雀为蟑螂)和灭病为中心的爱国卫生运动。1958年,爱国卫生运动"大跃进",全县组织9次突击行动,出动数十万人次,翻缸倒甏,清除垃圾。是年,南翔镇实现基本无蚊蝇,被评为市爱国卫生先进单位。1959年,爱国卫生运动贯彻突击与经常相结合、卫生与生产相结合的原则,全县组织开展学南翔、赶南翔的竞赛活动。1960年10月,南翔镇镇长鲁福昌代表南翔镇出席全国文教卫生群英会,该镇获国务院颁发的"爱国卫生先进单位"奖状。1963年起,全县普遍实行划片包干、地段保洁、定期检查评比制度。

18. 防治血吸虫病

血吸虫病自封建时代起即长期为害嘉定。解放前,望新泉泾的柴塘村,全村12户有14人死于血吸虫病,其中有4户人死户绝。解放后,经查明,全县23个公社及县属镇,仅华亭、曹王、唐行3个公社为非流行区,其余20个公社(镇)213个大队中,有192个大队流行血吸虫病,流行区人口达39.6万余名。1954～1957年,全县征兵体检6070人,血吸虫病感染率50.3%。

1951年,嘉定成立血吸虫病防治站,开展血吸虫病防治工作。1951～1987年,全县共治疗血吸虫病人21.55万人次,累计灭螺面积1.33亿平方米,消灭血吸虫病投资1000余万元,调拨药物1000余吨,乡(镇)、村两级投放720多万个劳动日。1977年10月,经市、县两级考核,望新公社为上海市首批消灭血吸虫病的2个公社之一,1979年9月,嘉定成为上海市第一批消灭血吸虫病的3个县之一,是年底,嘉定血吸虫病防治领导小组被中共上海市委血防领导小组授予"血防红旗单位"称号。

19. 普及小学义务教育

1958年,以勤工俭学、教育与生产劳动相结合为中心的教育革命在全国展开,嘉定在这场教育革命中,也开展了跃进式的普及小学义务教育运动。1957年,全县有小学211所,在校学生4.12万名;1958年,全县小学猛增至410所,其中社队办民办小学280所,占全县小学总数的68%,在校学生增至6.22万名。是年11月,全县有20所小学、3000多名小学生实行集体寄宿制,教师实行"四同"(同吃住、同学习、同劳动、同活动)。1960年,在校学生增至6.59万名。1963年起,贯彻全日制和耕读小学"两条腿走路"的方针,至1965年,有小学326所,在校学生7.45万名。

20. 农业中学

1957年,嘉定县创办农业中学2所。1958年,在教育事业"大跃进"的形势下,全县农业中学增至32所,学生2958名。农中招收16周岁以下的高小毕业生,学制3年,实行半耕半读。文化课采用初中基本课程,语文增加农村应用文、农村常用词和练习毛笔字,数学增加珠算、簿记和统计。专业课有作物栽培、植物保护等,也有设农业机械、动物饲养等学科。1963年,全县农业中学仅存娄塘、曹王、城西、半图4所,10个班,学生374人。1964年,恢复部分农业中学。1965年,全县农业中学增至51所(其中公社办15所,大队办36所),计88班,在校学生3742名,教职工154名。1967年,农业中学全部停办。

21."下放工人"

20世纪60年代初,全国遭遇严重的经济困难,在国民经济调整的过程中,实行全国性的缩短工业战绩、压缩城市人口政策,期间全国各地有1887万职工响应政府号召退职回乡支援农村建设,2600万城镇人口退回农村。

1961~1963年,嘉定全县先后精简职工1.13万名,动员他们回原籍农村参加农业生产;动员城镇居民1.08万名,去本县或外地的农村、农场劳动或落户。同时,嘉定也接受上海市区和外省市城镇紧缩人口1595名。期间,嘉定农村共接受安置本县、外地的精简职工和城镇紧缩人口1.24万名。这些精简退职回乡的职工(简称下放工人),响应党的号召,分担国家困难,为国家的稳定和经济发展作出了贡献。

对生活困难的精简退职回乡职工,政府给予定期补助。1985年起,对精简回农村的老职工(男年满60岁,女年满55岁),改为按月发给生活补助费。

22. 社会主义教育运动

1962～1966年,县委根据中央和市委的统一部署,先后多次组织社会主义教育运动(简称社教运动),其中以1964年和1965年开展的"小四清"运动和"大四清"运动影响最大。

1964年11月～1965年4月,县委贯彻《中共中央关于目前农村工作中若干问题的决定(草案)》(简称"前十条")和《中共中央关于农村社会主义教育运动中的一些具体政策的规定(草案)》(简称"后十条"),在长征、方泰、安亭、朱桥、城西等5个公社,进行以清理账目、清理财务、清理仓库、清理工分为主要内容的社会主义教育运动(后称"小四清")。县社两级分别召开贫下中农代表会议和干部扩大会,通过回忆对比、揭阶级斗争盖子和洗手洗澡放包袱等阶段,揭露社队干部在思想作风和经济等方面存在的问题。

1965年6月,中共嘉定县委贯彻中共中央关于《农村社会主义教育中目前提出的一些问题》(简称二十三条)精神,开展以清政治、清经济、清组织、清思想为内容的社会主义教育运动(又称"大四清")。"四清"运动采取先上后下、由点到面地分期分批进行。整个运动于6月中旬开始,至翌年7月结束。在"大四清"运动中,全县共清出贪污盗窃、投机倒把、多吃多占的金额289.4万元,粮食32.45万公斤,涉及各类干部1.32万名、群众1.25万名。有727名党员、干部受党纪、政纪处分。31.7%的支部书记和41.4%的支部委员因多种原因在改选中被更换。经核实定案,列为应退赔的金额195.3万元,粮食15.3万公斤,其余作减免和缓退处理。全县查出隐藏的"四类分子"(地主、富农、反革命分子、坏分子)645名,另有4900人交代政治历史问题;清出各类枪支20支,枪弹、手榴弹8000余发(枚),刺刀、军刀500余把。

1978年中共十一届三中全会后,嘉定对社教运动中887起政治案件进行复查,有397件维持原处分或原结论,142件撤销或减轻处分,348件撤销原结论。

23. 生活资料的凭证凭券供应

解放初,为克服粮、棉、油产需矛盾,国家对粮、棉、油实行统购统销政策,对市民采取定量计划供应的办法,粮、棉、油制品开始实行凭票证供应。

1958年下半年起,市场供应商品日益短缺,凭票供应的商品渐多。1960年,县发放"糕点券",糕点购买需凭粮票和糕点券两种票券。9月,"居民日用工业品购买证"发放,居民凭证购买指定的针棉织品和糖精、食糖、卷烟、胶鞋等,随后又发放火柴、民用线、卫生纸、肥皂等票券。1962年1月,上海市发放工业品购货券(简称工业券)和专用商品购货券(简称专用券)。对有工资收入的职工,每10元工资发一张工业券;对农村实行农副产品换购的办法,根据交售农副产品的数量和金额,按比例发给工业券和专用券。列入工业券购买的商品有毛线、毛毯、皮鞋、胶鞋、热水瓶等40多个品种;列入专用券购买的商品有香药皂、民用线、烟、酒、糖、酱油等20多个品种。1962年下半年,市场供应有所好转。1963年6月糕点券取消。10月,火柴、卫生纸、皮鞋、胶鞋、香药皂、纱织手套、手帕等敞开供应。

"文化大革命"时期,除粮、棉、油凭券定量供应外,凭券购买的商品有电视机、自行车、手表、缝纫机、台钟、煤油炉、肥皂、民用线、絮棉、鲜肉、食糖、豆制品等;凭居民日用工业品购买证供应的商品有火柴、雨鞋、日光灯管、卫生纸、9寸以上泡沫鞋、热水瓶胆、布伞、铝制品、煤油等,有的凭证不计数,有的凭证记数。另外,逢年过节对鲜蛋、水产品、金针菜、黑木耳、红黑枣、粉丝等商品,采取按户定量,凭购粮证购买的办法。

"文革"结束后,国家始行多种流通渠道,计划供应商品逐年减少,除沪产名牌自行车、缝纫机和大前门牌以上卷烟外,其它用票券调节供需的商品有电视机、食糖、肥皂、食盐、冰糖、火柴、鲜猪、禽蛋等。此后,实行凭票券供应的商品陆续减少,1992年,所有涉及居民生活的商品全部敞开供应。

第三章 "文化大革命"时期
(1966.5~1976.10)

一、概　述

　　"文化大革命"的十年,是嘉定政治环境动荡、社会秩序混乱的十年。十年中,嘉定的社会主义民主制度被破坏殆尽,党的组织和人民政权的职权被迫中断,在极"左"思潮干扰和破坏下,嘉定各项建设事业受到极大的影响。

　　1966年5月,中共中央发布《中国共产党中央委员会通知》(简称"五一六通知")后,全国开始了"史无前例"的"文化大革命"。6月,嘉定境内的大中学校和县级机关响应中央号召,首先投入"文化大革命"运动,他们走向街头,集会演说,张贴传单和大字报。宣布要"砸烂一切旧思想、旧文化、旧风俗、旧习惯",批判"反动学术权威","横扫一切牛鬼蛇神","破四旧,立四新",运动开始席卷全县城乡。面对愈演愈烈的运动,县委按上级指示成立"文化革命"领导小组,向全县19所中学、3所中等专业学校及锡剧团、文化馆等25个单位派出"文化革命"工作组。至7月初,全县数百人遭受批判,40多人被视作反党反社会主义的重点对象,有的被戴高帽上街游斗。

　　8月,党的八届十一中全会通过了《关于无产阶级文化革命的决定》,全国掀起批判"资产阶级反动路线"的狂潮,嘉定揭批"资产阶级反动路线"的"四大"(大鸣、大放、大字报、大辩论)步步升级。按照中央的指示,县委撤回派出的"文化革命"工作组,改为派驻联络员,学校和文化单位的"文化大革命"由师生自行选举产生的文化革命筹备小组领导。

　　8月18日,毛主席接见首都红卫兵后,嘉定各校纷纷成立红卫兵组织,机关、企事业单位也相继成立红卫兵组织。8月下旬,嘉定红卫兵仿效首都红卫兵上街破"四旧",抄家、揪斗、游街等活动遍及城乡。

　　9月5日,中共中央发出关于组织外地师生来京参观"文化大革命"的通知。嘉定各校推派500余名红卫兵赴京串联,另有500多名学生结伙在铁路沿线扒车进京。此后,嘉定自行外出串联和外来串联的学生越来越多,"大串联"的学生把中央文革的旨意带到嘉定,加剧了嘉定的动乱。9月底,嘉定34所学校赶走县委派驻的联络员,成立嘉定县红卫兵总部。10月,县委传达中央关于大中学校的党组织停止对"文化大革命"运动领导的指示,"踢开党委闹革命"的口号使嘉定处于无政府状态之中。

　　1966年11月的"安亭事件"发生后,嘉定境内的市属工厂率先成立名为上海市工人革命造反总司令部嘉定地区指挥部(简称"工司")的造反组织,随后,嘉定县农民革命造反司令部(简称"农司")、嘉定县级机关革命造反司令部(简称"机司")、嘉定县农村红卫兵革命造反司令部(简称"农红司")等106个造反组织也先后成立。各造反组织以"批判资产阶级反动路线"

为名,树旗帜,占山头,揪干部,嘉定社会秩序混乱加剧。

1967年1月,上海32个造反组织在人民广场召开"打倒上海市委大会",宣布全面夺权。嘉定各造反组织立即仿效,在"打倒一切"、"批判资产阶级反动路线"等口号下,频繁冲击各级党政机关,揪斗、关押领导干部。1月17日,"县机司"、"工司"、"农司"等25个造反组织成立革命造反派联合接管嘉定党政机关的临时委员会(简称"接管会"),宣布取代中共嘉定县委、县人民委员会的一切权力。嘉定各级党组织和基层政府先后瘫痪。

1967年3月,县人民武装部奉命建立"嘉定县抓革命促生产指挥部",领导全县工农业生产等工作。3月18日,由干部、解放军、造反组织代表(简称"三结合")参加的县革命委员会筹备处成立。至1968年,嘉定县革命委员会及各公社、镇的革命委员会先后正式成立。1968年3月,县革委召开县活学活用毛泽东思想积极分子代表大会。会后,全县唱"忠字歌"、跳"忠字舞","早请示、午对照、晚汇报"的"三忠于"活动达到高峰。

1969年党的九大召开。从下半年起,在"整党建党"、"吐故纳新"的基础上,大多数党员的组织生活开始得到恢复,各基层党组织也开始重组。同年11月,经上海市革命委员会批准,嘉定县革命委员会党的核心小组成立。随后,县直机关及全县23个社镇也相继建立党的核心小组,各级基层党组织活动开始恢复。1970年9月,中共嘉定县第四次代表大会召开,选举产生了中共嘉定县第四届委员会,但会议在思想上、政治上和组织上贯彻了中共"九大"的错误方针。

1973年3月,邓小平恢复国务院副总理职务。在邓小平主持中央日常工作期间,着手对被"文革"破坏了的各项工作进行整顿,嘉定的工农业生产形势有了明显的好转,一批在"文革"初期被打倒的领导干部被充实到县革委会、县核心小组的领导班子,一批冤假错案得到平反,工交企业得到整顿,各条战线的工作逐步走上正轨。但1976年初开展的"批邓、反击右倾翻案风"运动,又使嘉定逐步好转的社会秩序和生产形势出现反复。

1976年10月,党中央采取果断措施,一举粉碎江青反革命集团,结束了为期十年的"文革"内乱。

1966年5月至1976年10月的"文化大革命",使党、国家和人民遭到建国以来最严重的挫折和损失,由于"文化大革命"的干扰和破坏,嘉定的社会发展和经济建设受到极大影响。农业生产在"林彪、江青反革命集团"推行的"极左"路线干扰下,片面强调"以粮为纲","以猪为首",减少棉花、油菜种植面积,尽管粮食总产量和生猪饲养量有所增加,但经济作物的总产量下降。农民饲养的家禽、经营的自留田等正当家庭副业,被视为"资本主义尾巴"而受到限制或取缔。受"左"的思想影响,"文革"期间商业体制多变,流通渠道单一,严重影响经济的发展。"文革"初期,社队工业被视为"脱轨转向",发展步履艰难。"文革"期间学生停课造反,使农村重新出现大量的青少年文盲、半文盲。

在"文化大革命"动乱中,由于广大干部群众对"林彪、江青反革命集团"的破坏采取各种形式的抵制和斗争,嘉定的工农业生产在困境中仍有一定的发展。粮食生产保持比较稳定的增长,工业、交通和基本建设方面都取得了一批重要成果,特别是在1970年全国北方农业会议后,全县各人民公社大力发展的社队企业,得到长足的发展。到1976年,社队工业产值达到1.99亿元,比1965年增加14.45倍。社队工业的发展,为以后嘉定的拨乱反正和经济社会发展奠定了坚实的基础。

二、大 事 记

1. 1966年5~12月

6月1日,《人民日报》发表题为《横扫一切牛鬼蛇神》的社论后,全县发生许多揪斗干部群众的混乱现象,致4人自杀,其中1人身亡。

6月中旬,县委成立"文化革命"领导小组,并向全县各中等学校和文化单位派出"文化革命"工作组。8月,根据中央指示精神,撤回工作组。

6月,县委分别召开中小学教师和文化、卫生等单位的干部、职工大会,动员开展"文化大革命"运动。几天间,仅8所中学就贴出大字报2万余张。

8月24日始,嘉定县各学校红卫兵和部分教师、机关干部、企业职工冲上街头,大破所谓"四旧"(旧思想、旧文化、旧风俗、旧习惯),修改原有的地名、店名、校名,干预衣着、发型等生活方式;一批文物和古书画被毁;5762户居民被非法抄家,查抄财物折合金额578.69万元。破"四旧"中非正常死亡37人。至1985年底,为5724户落实政策(另有38户为无主户),清退财物计金额578.08万元,占查抄总金额的99.89%。

8月,嘉定县各中学纷纷成立红卫兵组织。9月27日,由各中学联合成立嘉定县红卫兵总部,并设7个联络站。

9月上旬,嘉定县各中学派出师生代表546名赴北京参观学习"文化大革命"运动,另有500余名学生擅自扒车进京"串联"。中旬,出现"大串连"狂热,学校"停课闹革命"。

11月上旬,开始批判所谓"资产阶级反动路线",党政机关被冲击,大批领导干部横遭批斗。

11月10~12日,上海市工人革命造反总司令部头头王洪文,煽动和裹胁2000余人在境内安亭火车站卧轨肇事,致沪宁铁路交通中断36小时。此即轰动全国的"安亭事件"。

11月下旬,上海市工人革命造反总司令部嘉定地区指挥部(下简称"工司")成立。之后,县级机关革命造反司令部(下简称"县机司")、农民革命造反司令部(下简称"农司")、农村红卫兵革命造反司令部(下简称"农红司")等106个造反组织竞相挂牌登场。从此,派性斗争不断,社会秩序日趋混乱。

12月16日,工总司、科大革命造反司令部等12个造反组织,在县体育场非法揪斗上海市市长曹荻秋,嘉定县委书记牟敦高等一批党政干部挂黑牌陪斗。

1966年11月9日,河南省兰考县代表团来嘉定县作焦裕禄生前事迹的报告

（照片提供　嘉定区档案馆）

1966年10月,嘉定县召开学习毛主席著作积极分子代表参加首都国庆典礼汇报大会

（照片提供　嘉定区档案馆）

1. "文化大革命"群众大会
2. "文化大革命"群众游行
3. "文化大革命"游行队伍
4. "文化大革命"红卫兵代
　表上台发言
（照片提供
嘉定区档案馆）

1966 年 7 月 27 日,比利时妇女联盟代表团在嘉定县长征人民公社参观机床加工

（照片提供　上海市档案馆）

1966 年 10 月 30 日,日本妇女会议代表团访问嘉定县长征人民公社农民新村

（照片提供　上海市档案馆）

1966 年 10 月 30 日,日本妇女会议代表团访问嘉定县长征人民公社农民家庭

（照片提供　上海市档案馆）

　　嘉定县长征人民公社奶牛场是上海地区创办较早的奶牛场之一。图为 1966 年 10 月 30 日,日本妇女会议代表团参观奶牛场情景

（照片提供　上海市档案馆）

1966年，嘉定县城东人民公社澄桥大队宣家坟出土一批明成化七年（1471）、十四年（1478）的说唱词话和传奇刻本。包括明代北京永顺书堂用竹纸刊印的16种"说唱词话"和一种南戏《新编刘知远还乡白兔记》。此为我国现存诗赞系统说唱文字的最早刻本

1. 图为说唱本出土原状
2. 图为上海图书馆专家在修
   复说唱本
   （照片提供　嘉定博物馆）

1966年，嘉定开展大"四清"运动。图为派驻嘉定交运系统的"四清"工作组成员在"四清"运动即将结束时与县装卸队干部合影　　（照片提供　　汤基诰）

2. 1967年

1月7日,嘉定"县机司"、"工司"、"农司"等14个造反组织,在县体育场联合召开批判所谓资产阶级路线大会,非法揪斗县委、县人委的一批党政干部,提出所谓"打倒牟敦高,炮轰旧县委"等口号。会后,在全县层层揪斗领导干部,掀起造反夺权逆流。

1月9日、11日,嘉定"县机司"及县商业局、粮食局的部分"造反派",两次聚众抢劫县商业局、供销社、粮食局、财税局和食品公司、糖烟公司的人事档案,造成档案失散和泄密。

1月17日,嘉定"县机司"、"工司"、"农司"等25个造反组织成立革命造反派联合接管嘉定县委、县人委临时委员会(简称县接管会),宣布取代中共嘉定县委、县人委的一切权力。

1月22日,嘉定县接管会发布一、二号通知,宣布成立"嘉定县农村抓革命促生产火线指挥部"、"嘉定县公交、财贸火线指挥部"。

2月9日,嘉定"县机司"、"工司"、"农司"等17个造反组织,在县体育场联合召开约有3万人参加的所谓"高举毛泽东思想伟大红旗,彻底砸烂嘉定县委,打倒反革命修正主义分子牟敦高大会"。会间天雨,秩序失控,造成踩死2人、伤19人的重大事故。

3月上旬,嘉定县人民武装部奉命建立嘉定县抓革命促生产办公室,领导全县工农业生产等工作。

3月18日,成立嘉定县革命委员会筹备处。6月,改为嘉定县革命委员会筹备小组。

3月,嘉定县成立革命串联粮物清理小组。经清理仅由县财政局支付的所谓"文化大革命"经费就有45.68万元。

6月2日,嘉定县召开"贫下中农文化革命代表大会",由县、公社、大队的农村造反组织骨干组成常设委员会,取代原县贫下中农协会。

1967年,上海桃浦化工厂成立革命委员会时的情形(刊于《文化大革命博物馆·上册》)

1967年，嘉定县部分造反组织印刷的"造反报"

（照片提供　刘必华）

1967年，嘉定一中文艺小分队下农村宣传毛泽东思想　　　　　（照片提供　陈学初）

"文化大革命"时期的街头留影
（照片提供　金　蓉）

1967 年 8 月，连日高温无雨，嘉定县桃浦人民公社祁连五队社员在棉田里用抽水机浇水抗旱　（刊于 1967 年 8 月 30 日《解放日报》四版，摄影赵立群）

3. 1968年

1月25日,嘉定县公安局、检察院、法院由中国人民解放军进驻,实行军事管制,1971年12月撤销军管。

2月22日,经上海市革命委员会批准,建立嘉定县革命委员会。至6月,各公社、镇的革命委员会相继成立。

3月16日,嘉定县革委会召开有2000余人参加的县活学活用毛泽东思想积极分子代表大会。会后,全县掀起"三忠于"(忠于毛主席、忠于毛泽东思想、忠于毛主席的革命路线)活动。唱忠字歌,跳忠字舞,"早请示,午对照,晚汇报",攀登所谓忠字高峰。

7月,全县分批进行所谓清理阶级队伍的活动,至1970年5月基本结束。期间,制造集团性假案35起,横遭迫害的干部群众5000余名,造成非正常死亡378名。

9月5日,嘉定县首批工人农民毛泽东思想宣传队进驻嘉定第一中学、锡剧团、县人民医院和县级机关清队学习班。至10月,队员从270名增至2329名,进驻336个单位,领导"斗、批、改"。

是年,动员城镇知识青年上山下乡。至1978年,全县"上山下乡"的知青共1.26万名,其中赴云南、黑龙江、内蒙古、安徽等地农场或插队落户的2601名。至1983年底,有99.5%的知青先后回县安置。

1968年,南翔翔公小学学生收集废钢铁,支援国家建设

(照片提供《南翔画报》)

马陆人民公社汽车运输车辆
　　（照片提供　马陆镇）

马陆幼儿园
　　（照片提供　马陆镇）

马陆人民公社卫生院
　　（照片提供　马陆镇）

4. 1969年

1月3日,上海市革命委员会派工人、解放军毛泽东思想宣传队进驻嘉定县县级机关和19个公社、4个县属镇,领导"斗、批、改",随后,全县清队活动愈演愈烈。

10月,嘉定县革命委员会在蓬江窑厂办"五七干校",县级机关217名干部下放劳动。至1970年12月停办。

11月29日,建立中共嘉定县核心小组。

是年,嘉定县部分生产大队始办合作医疗。

是年,嘉定县大幅度扩大双季稻面积。至1975年,粮食三熟制面积达22.43万亩,单季稻仅剩128亩。

1969年11月,南翔中学69届赴黑龙江省务农的毕业生留影

(照片提供 季 颖)

1968~1969年,马陆人民公社共接收"上山下乡"知识青年860名。到70年代中后期,又接收少量上海市区知青。图为知识青年在田间劳动的情景

(照片提供 马陆镇)

5. 1970年

3月12日晚,雷雨雪交加,积雪达15厘米以上。全县倒塌房屋957间,压断电话线、广播线杆5373根。

3月,全县开展所谓"一打三反"(打击反革命破坏活动、反对贪污盗窃、反对投机倒把和反对铺张浪费)运动,至1972年底结束。运动中涉及干部群众6559名,造成非正常死亡69名。

9月24～26日,召开中共嘉定县第四次代表大会,选举产生中共嘉定县第四届委员会。停止三年多的中共嘉定县委员会遂恢复工作。

12月,疏浚北横沥,长12.5公里。

是年,为国家"三五"计划的最后一年,全县工农业总产值2.48亿元(工农业产值分别占51.1%和48.9%),年均递增率为6.3%。

1970年,嘉定籍知青在黑龙江省呼玛县插队落户一周年留影　　（照片提供　张建伟）

　　1970年,嘉定县举行庆祝中华人民共和国成立21周年大会。图1、2为大
会会场　　　　　　　　　　　　　　　　　　　（照片提供　嘉定博物馆）

1970 年,嘉定县举行庆祝中华人民共和国成立 21 周年大会 （照片提供 嘉定博物馆）

图 1 为大会会场

图 2、3 为庆祝大会游行队伍

1970 年 10 月,安亭医院为农村培养的一批"赤脚医生"　　　　　（照片提供　王一君）

1970 年 12 月,疏浚北横沥(环城河至浏河段)　　　　　　（照片提供　嘉定博物馆）

6. 1971年

2月7日,长征人民公社在真如中学小操场放映电影《红灯记》,数百名无票群众冲倒大门,造成死1人、伤9人的重大事故。

4月,嘉定县建立清查"五一六"分子小组。全县有27名所谓"重点"对象被审查。

9月,棉铃虫暴发,全县7.3万亩棉花受害,损失皮棉75万公斤。

嘉定一中70届学生赴内蒙古生产建设兵团离校时的合影

（刊于 《永恒的记忆》）

革命故事活动现场会

（照片提供 王仁元）

20世纪70年代初，马陆人民公社的农民使用吸泥船疏浚河道

（照片提供 马陆镇）

农业合作化后嘉定农村耕地、灌溉、除虫、脱粒、粮食加工大部分使用机械作业。图为20世纪70年代马陆人民公社农机站员工正在精心养护手扶拖拉机

（照片提供 马陆镇）

　　1971年,一种名为"5406"的菌种在上海郊区流行。其学名叫地恩地微生物菌剂,是细黄链霉菌,能分泌多种植物激素,促进作物生长。图为马陆科技人员正在为"5406"接种　　　　　　　　　　　　　　　　　　　　　（照片提供　马陆镇）

1971年,马陆人民公社举办农机学习班
（照片提供　马陆镇）

7. 1972年

2月21～26日,县委召开县、社、队三级干部会议,学习中共中央有关粉碎"林彪反党集团"反革命政变等文件,声讨林彪叛党叛国的反革命罪行。

5月,横沥套闸动工兴建,口门宽7米,闸室宽12米,长140米。翌年11月竣工,为嘉定县第一座套闸。

9月,安亭人民公社新泾大队在县委蹲点工作组的帮助下,制定《农业学大寨规划》27条。1974年7月,《红旗》杂志、《人民日报》分别登载后,全国有28个省市近20万人先后来该队参观学习。

11月,召开共青团嘉定县第五次代表大会,恢复团组织的活动。

1972年,南翔镇横沥泰康桥头 　　　　　　　　　　　　　　　　（陈之平　摄影）

1972年3月，外冈人民公社葛隆大队妇女在田头讨论"农业学大寨"的具体措施（刊于1972年3月8日《解放日报》一版，摄影陈莹）

20世纪70年代，马陆人民公社社员正在使用拔秧机
（照片提供 马陆镇）

1972年，嘉定县工农兵干部学习班学员在田头讨论
（照片提供 张建伟）

8. 1973年

8月,召开嘉定县第四次妇女代表大会,恢复县妇女联合会。

9月30日起,嘉定县连续106天无雨,大旱。

11月,建立嘉定县精神病防治站。1977年12月易名嘉定县精神病防治院。

12月16日,县委召开扩大会议,学习中共十大文件,深入"批林整风"。至此,已办"批林整风"读书班7期,参加学习2174人次。

是年,嘉定县乡镇队办工业产值达1.23亿元,占全县工业总产值的50.36%。首次超县全民和县集体工业产值总和。

　　1972年,嘉定卫生学校重新筹建,1973年至1977年共培训学员361名。图为1973年学校领导和部分教师合影
　　　　　　　　　　　　　　　　　　　　　　　　　　　　(照片提供　王一君)

1972年，由嘉定县业余作者和上海人民淮剧团编剧合作创作的锡剧小戏《一副保险带》，参加"上海市纪念毛泽东同志《在延安文艺座谈会上的讲话》发表三十周年文艺演出"获好评。剧本由《解放日报》发表，并改编拍摄电影，出版连环画。图为电影剧照和连环画封面

（照片提供　嘉定区档案馆）

20世纪70年代，嘉定篾竹制品颇受市民欢迎。图为嘉定城中路边摊头正在出售的竹篮等　　（陈启宇　摄影）

9. 1974年

2月10～12日,嘉定县教育系统召开会议,批判所谓修正主义教育路线复辟回潮,一些学校负责人和教师遭批判。

春,嘉定县"批林批孔"运动全面开展,批判所谓复辟派,清查"两个否定"(即否定"文化大革命",否定新生事物)的资产阶级新动向。有些老干部再次被当作不肯改悔的走资派遭批判。

4月28～30日,召开嘉定县第三次贫下中农代表大会,成立县贫下中农协会。1976年后自然消失。

6月4日下午,嘉定县降雹,伴有龙卷风。唐行、华亭、桃浦等12个公社的40个大队、380多个生产队受灾,吹倒民房56间,畜棚、副业棚257间。农作物损失严重。

6月27～29日,嘉定县召开会议交流所谓批判《三字经》、《女儿经》、《千字文》、《神童诗》的"批林批孔"经验。

12月30日,成立上海民兵嘉定县指挥部。

　　1974年,南翔镇人民街年丰食品杂货商店(大昌成)店堂内,悬挂着"批林批孔"的横幅标语　　　　　　　　　　　　　　　　　　　　　　　　　　　　　　(陈之平　摄影)

1974 年春,马陆人民公社社办工厂工人在车间"批林批孔"的情形
（照片提供 马陆镇）

桃浦人民公社桃浦大队插队知识青年住房 （李 侗 摄影）

1974 年，嘉定县卫生学校女子乒乓队员在交流球艺

（照片提供　季　颖）

1974 年，应马陆人民公社要求，一批有文艺体育特长的知识青年到马陆插队落户。公社组织起文艺小分队，经常排练和演出节目，活跃群众文艺生活。图为文艺小分队在为社员演出

（照片提供　马陆镇）

1974 年 4 月，加拿大电子和科学仪器展览会在上海展览期间，加拿大代表参观南翔人民公社

（照片提供
上海市档案馆）

10. 1975年

4月,徐行人民公社畜牧场建造2只人工沼气池试用获得成功,后在全县推广。至1987年,全县先后建成沼气池9333只,年产沼气182.53万立方米,供7573户农户作生活燃料。

10月24日,嘉定县召开3万余人参加的四级干部大会,传达全国"农业学大寨"会议精神,提出"苦战1976年,誓把嘉定变大寨"的口号。

10月,嘉定县与苏州地区8个县合浚浏河第二期工程动工,翌年下半年结束。

12月下旬至翌年6月,县委先后举办公社、镇、局党员干部学习班6期,动员大家"转弯子",投入所谓"批邓(小平)、反击右倾翻案风"的运动。期间,散发诬邓材料3万余份。

是年,嘉定县水稻褐飞虱大发生,3.8万亩水稻受害,700多亩绝收。

是年为国家"四五"计划的最后一年,嘉定县工农业产值4.91亿元(工农业产值分别占65.1％和34.9％),年均递增率为14.6％。

1975年4月16日,国务院副总理陈永贵视察马陆人民公社的蘑菇种植

(照片提供　马陆镇)

1975年9月,嘉定县"五七"干校举办第四期干部学习班,组织干部集中学习理论

（照片提供　许　锋）

1975年,嘉定县结合"农业学大寨",开展怎样把农业搞上去的讨论。图为马陆人民公社社员正在村头开展讨论

（照片提供　马陆镇）

1975年11月,徐行人民公社干部、社员,用"大寨精神",精耕细作,大搞农田基本建设

（刊于1975年11月15日《解放日报》四版,摄影毕品富）

1975年,嘉定县从机关抽调干部组成"农业学大寨"小分队赴各公社生产大队,与贫下中农实行"三同"(同吃、同住、同劳动),开展学大寨运动。这是县卫生系统驻唐行人民公社横泾大队的机关干部从田间劳动归来

（照片提供　汤基诰）

1975年，嘉定县第一个女泥工班（又叫"三八作业班"）在嘉定县房管所成立。图为女泥工班合影

（李　侗　摄影）

"三八作业班"的女泥工在砌砖墩

（李　侗　摄影）

1975年，上海市虹口区照相业第一中心店职工在马陆人民公社学农时拍摄的照片

1. 一次参与开河的经历
2. 一次参与积肥的经历
3. 一次"农业学大寨"会议的记录
4. 一户农家的记录

（照片提供　马陆镇）

11. 1976年1~10月

1月8日，国务院总理周恩来逝世。嘉定县干部群众自发戴黑纱，并举行各种悼念活动，哭泣之声遍及城乡。

2月9日，县委、县革命委员会在嘉定第一中学召开"彻底批判右倾翻案风，把教育革命进行到底"的现场会。此后，全县掀起所谓"反击右倾翻案风"的恶浪。

3月22日，桃浦人民公社化工厂烘房车间不慎引起爆炸，死2人，伤1人，经济损失近10万元。

7月6日，全国人大常委会委员长朱德逝世，全县人民沉痛悼念。

9月9日，中国共产党中央委员会主席毛泽东逝世。嘉定县各部门、各单位设灵堂106处，45万人参加吊唁活动。18日下午，2万人集会县体育场收听追悼大会实况。

1976年8月8日，刚果农业友好代表团访问马陆人民公社　　　　（照片提供　马陆镇）

三、专 题 叙 事

1. 破"四旧"运动

1966年8月18日,毛主席在天安门接见红卫兵后,嘉定各学校及机关、企事业单位相继成立红卫兵组织。8月下旬,嘉定县红卫兵仿效首都红卫兵上街破"四旧"。一批不能体现"革命"的路名、地名、桥名、店名,纷纷被改为反帝、反修、东风、红旗、战斗等名称;带有封建迷信色彩的祭器、建筑及日常用具等均被砸掉;大批文物、古籍书画被查抄及销毁。在"横扫一切牛鬼蛇神"口号的鼓动下,红卫兵又掀起了抄家风和揪斗游街风,在上街批斗及破"四旧"期间,全县共被抄家5762户,因受不了凌辱而自杀身亡的37人。嘉定人民引以为荣的抗清志士黄淳耀、乾嘉史学家钱大昕等历史名人的墓葬都被当作"封、资、修"而破坏殆尽。

2. "安亭事件"

1966年11月9日,上海国棉17厂、上海良工阀门厂、上海玻璃机械厂、上海合成纤维研究所等十七家工厂造反组织组成的"工总司"在文化广场召开成立大会。会前,他们曾要求上海市委承认其组织、上海市长曹荻秋到会接受批判、提供宣传工具。中共上海市委按中央文件规定做出了"不参加、不承认、不支持"的"三不"答复。为达到造反组织合法化的政治目的,"工总司"于10日率队赴京告状,"工总司"首领潘国平、王洪文率领的赴京造反队先后受阻于南京和安亭。当日中午12点,他们将14次特快列车拦阻于安亭站,企图扩大事态,迫使中央解决问题。事件引起中央的高度关注。11日,中共华东局第三书记韩哲一、上海副市长李干成到安亭劝说。11日深夜,张春桥乘专机抵沪,与"工总司"负责人接触,允诺回上海解决他们提出的各项要求。12日下午大部分造反队员回沪。

13日下午,张春桥在"工总司"承认组织合法、承认上京告状是革命行动、告状后果由上海市委负责、曹荻秋公开检查、对"工总司"提供各方面条件"的五项条件上签字,并被印成传单在全市散发。中央文革小组、毛泽东获悉消息后迅速同意了这一处理意见,不能组织跨行业的地区性工人群众组织的禁令由此废除。"安亭事件"成了全面炮打上海市委,导致后来轰动全国的"一月革命"夺权的导火索。

3. 农民造反队进城

1966年12月20日,马陆人民公社机关造反队以追查"十条黑指示"(即中共上海市委、嘉定县委针对红卫兵破"四旧"所作的十条指示)为名,煽动1200余名农民进市区"造反"。他们冲击市委、市人民委员会机关,并于当日夜间在瑞金剧场揪斗副市长宋日昌和县委书记牟敦高。

1967年1月4日,马陆人民公社少数造反派头头,强迫县委书记牟敦高签发《改人民公社三级所有制为公社一级所有制》的文件不成,煽动3000余名农民再次进城造反,强占延安西路市委接待站和东湖宾馆,直至11日市委书记陈丕显被迫同意去马陆公社接受"批斗"的无理要求后,才陆续撤回,前后历时8天。

4. 造反派联合夺权

1967年1月6日,王洪文、徐景贤等人联合上海32个造反组织在人民广场召开"打倒上海市委大会",宣布全面夺权(时称"一月风暴")。嘉定县各造反组织纷纷仿效,乱揪乱斗各级干部,开始酝酿夺权。1月7日,以"县机司"、"工司"、"农司"、"农红司"为主,联合其他14个造反组织,在嘉定县体育场召开万人大会(时称一·七大会),揪斗县委、县人委及所属部、委、办、局(科)以上负责人。大会宣布将县长徐田村扭送公安机关关押;县委书记牟敦高由造反派看押。1月17日,"县机司"、"农司"、"工司"、"红卫军"、社镇机关革命造反总部等25个造反组织,联合建立革命造反组织接管县委、县人委临时委员会,宣布取代中共嘉定县委、县政府的一切权力,嘉定各级党组织由此被迫停止活动。

5. 造反组织抢夺档案

"文革"初,县委根据中央《关于保障党和国家机密安全的规定》,部署各级党组织将人事档案秘密转移收藏。1967年1月9日晚,转移收藏在县糖烟公司香烟仓库内的两箱人事档案被该公司的造反派探悉并抢走。1月11日,县商业局、供销社、粮食局、财税局的造反派,调动汽车等交通工具,纠集安亭、朱桥、城东等地的造反队员四五百人,于当天晚上包围该4个单位人事档案的收藏处——康乐食品厂,抢走全部人事档案。

6. "二·九事件"

1967年2月9日(农历正月初一)下午,"县机司"、"工司"、"农司"、"社镇机关革命造反总部"、"教联会"等造反组织,在嘉定体育场召开所谓"高举毛泽东思想伟大红旗,彻底砸烂嘉定县委,打倒反革命修正主义分子牟敦高大会"万人大会,会议中途遇雨,指挥失控,秩序大乱,造成2人被踩死,19人受伤的惨剧。

7. 残酷迫害干部

"文化大革命"初期,副县长逄树春、县计委副主任周家欣、县人委办公室副主任黄承福等人,因对林彪、江青一伙"怀疑一切、打倒一切"等倒行逆施行为表示忧虑和不满,发表了一些议论。造反组织以"恶毒攻击毛主席和他的亲密战友"等为"罪名",对他们进行残酷迫害,并建立"逄周黄现行反革命集团专案组"进行立案侦查。逄树春遭非法拘留3年7个月,周家欣、黄承福被非法拘留4年余。身患重病在家疗养的原县长胡有祥,被诬与该案有牵连,遭到被抄家和断医断药的迫害,于1968年1月22日含冤去世。另有20多名干部群众也因该案牵连受到不同程度迫害。

"文化大革命"期间,全县因不满或抵制林彪、江青一伙的反革命行径,而被作为现行反革命立案审查的有137件(147人),有的在惨遭迫害后妻离子散,家破人亡。

8. 嘉定县革命委员会

1966年5月"文化大革命"开始,年底,嘉定县人民委员会及其所属机构被迫停止工作。1967年1月,嘉定的政府机构均被造反组织非法接管。3月,成立有造反组织头头参加的嘉定县革命委员会筹备处。1968年1月,中国人民解放军上海市公检法军事管制委员会嘉定县军管组进驻嘉定县,对公安局、人民检察院、人民法院实行军事管制。1968年2月,成立嘉定县革命委员会,原县人民委员会所属机构亦相继成立革命委员会或领导小组。县革命委员会实行一元化方式,取消党的基层组织与政府的分别,实行党政一元化领导,设办公室、生产组、组织组、政宣组、文教卫生组,分管各科局。

嘉定县革命委员会的组织形式一直延续到1981年7月才撤销。

9."清队运动"

在全国各地相继建立革命委员会以后,1968年初,中央部署了清理阶级队伍运动,要求各地认真查明"党政军民学、工厂、农村、商业内部的反革命分子,右派分子,变节分子",对在"文化大革命"进程中,以各种名义、各种方式揪出来的地、富、反、坏、右、特务、叛徒、走资派、漏网右派、国民党"残渣余孽",进行一次大清查。

嘉定的清理阶级队伍运动自1968年3月即行开展,开始由县革会和造反队组织进行。1969年初,市工人、解放军毛泽东思想宣传团进驻嘉定,成立县革会与工、军宣团相结合的清队领导小组,发动群众开展"六查六议":大查大议村史;大查大议家史;大查大议解放前的反动组织史;大查大议坏人的下落;大查大议解放后各个政治案经过;大查大议阶级敌人的破坏活动。通过大查大议列出清查对象后,就地举办对敌斗争学习班,大搞"群众专政"和刑讯逼供。至1970年5月,清队运动告一段落,全县共揪出所谓九类对象(地、富、反、坏、右、叛徒、特务、反动资本家、走资本主义道路的当权派)5000余人,制造集团性假案35个,其中造成严重后果的大案18起,株连3000余人。清队期间,全县非正常死亡378人,逮捕92人,隔离审查87人。

10."中统案"

1968年6月,嘉定镇革命委员会根据小学教师造反队的汇报,成立城厢镇中统专案组,对身患癌症的练红小学一名教师进行隔离审查。该教师弥留之际受审,在专案组的提示下"随指而供",陆续胡乱指控所谓中统特务398人。尔后,专案组以他交代的材料为"依据",建立专案组立案侦查"国民党中央调查统计局嘉定潜伏组案(简称中统案)",举办各类学习班,实施刑讯逼供,前后制造出"中统特务"1118人,其中包括嘉定县历任县委书记、县长以及相当一部分的科局长。受此案牵连受到审查的干部群众有515人。学习班期间,6人被迫害致死,6人自杀未遂,4人致残,25人受伤。方泰一名顾姓社员在学习班上经不住严刑拷打,假供自己和儿子都是特务,导致儿子上吊自杀、儿媳嫁人、孙子送人的悲惨结局。学习班还将逼供所得的假材料转至外省市有关单位,无辜株连者数以千计,造成了极其严重的后果。

11."季匪案"

以季如彪为首的国民党苏浙边区反共救国纵队第三总队第一大队,已于1950年被县公安局破获并摧毁,匪首季如彪及匪特骨干已于1950年9月被依法处决。1968年6月,在"清队运动"中,朱桥人民公社造反队以本地原是季匪主要活动地区为由,擅自决定将清查季匪残部作为清队的重点,建立"苏浙边区反共救国纵队第三总队案"(简称"季匪案"),连续举办对敌斗争专题学习班5期,先后牵连无辜干部群众430人。案情从朱桥逐步扩大到外冈、望新、娄塘、城西等地区。全案致死13人,致残4人。

12."一打三反"运动

1970年初,中共中央先后发出三个文件,即1月31日发出的《关于打击反革命破坏活动的指示》,2月5日发出的《关于反对贪污盗窃、投机倒把的指示》和《关于反对铺张浪费的通知》。其主要目的是在全国紧张落实备战的形势下,打击反革命分子和经济领域里的各类犯罪分子。

1970年2月，根据中央和市革会的有关文件精神，县核心小组成立县"一打三反"（即打击反革命破坏活动，反对贪污盗窃、投机倒把、铺张浪费）运动领导小组。3月起，全县23个社镇、242个大队、500余个企事业单位，分三批先后开展运动。县核心小组抽调机关干部、在校学生、农村社队干部共4700余人组成毛泽东思想宣传队，进驻各单位领导运动。全县于是掀起了一个"大检举、大揭发、大批判、大清理"的高潮。"一打三反"运动于1972年底结束，全县被审查的达6500人，遭拘捕的120人，戴帽管制131人，非正常死亡69人。"一打三反"运动打击了一些反革命分子和经济领域里的犯罪分子，也制造了一批冤假错案。

13. "反击右倾翻案风"

1975年底，由江青反革命集团阴谋发动的"批邓、反击右倾翻案风"运动在嘉定县开展，但广大干部群众思想抵触。县委根据市委的部署，自1975年12月下旬至1976年6月，先后举办6期党政领导干部学习班，动员大家"转弯子"，要求参加学习班的党员干部"转变立场，端正态度"。学习班还传达马天水、徐景贤、王秀珍一伙的诬邓讲话，竭力宣扬江青反革命集团的政治纲领，并组织交流所谓"批邓经验"。这一时期，全县印发攻击诬陷邓小平以及其他中央领导人的材料3.3万份，"言论"摘录1.3万份。此外，还通过报刊、广播传播所谓批邓动态和消息。但嘉定广大干部群众对"批邓"极为不满，许多人借故不参加会议、不进学习班，勉强去的也不发言、不表态。

14. "文革"中的"上山下乡"运动

1968年12月，中央人民广播电台广播毛泽东"知识青年到农村去，接收贫下中农再教育，很有必要"的"12·11指示"，从1968年年底开始，嘉定动员城镇知识青年上山下乡，到农村、边疆插队落户。至1978年，全县"上山下乡"的知青共1.26万名，其中在本县农村插队落户的有9973名，赴云南、黑龙江、内蒙古、安徽等地农场或插队落户的2601名。期间还纳安置非嘉定知青2127名。1978年12月，全国知青"上山下乡"工作会议提出：知识青年"上山下乡"要逐步缩小范围，有条件安置的城市不再动员下乡⋯⋯已在农村插队的知青，要逐步给予解决，其中老知青要限期解决。1981年底，"上山下乡"运动宣告结束。至1983年底，嘉定有99.5%的知青先后回县安置。

15. "文革"中的社队企业

在"文化大革命"初期，社队工业被视为"脱轨转向"，步履艰难，发展缓慢。1970年，国务院针对"文化大革命"对农业的破坏，召开北方地区农业会议，要求全国加快农业机械化的进程，提出"围绕农业办工业，办好工业支援农业"的口号。而此时，上海城市工业由于连年"停厂闹革命"，造成市场匮乏，一部分产品的加工就被转移到相对稳定的农村，嘉定县社队企业由此出现转机。1970年，上海灯泡二厂、上海灯头厂下放给嘉定，由城东、城西、徐行等公社合办光明灯头厂、团结灯泡厂；上海汽车厂支持安亭公社创办上海客车厂，桃浦公社利用化工区的优势创办染料化工厂，封浜公社创办环球冷冻机厂。到1976年，嘉定社队企业689家，工业产值达到1.99亿元，占全县工业产值的57%。1974年，全县工业增加值达1亿元，工业增加值首次超过农业增加值，全县产业序列由一二三改变为二三一，嘉定的产业结构发生了历史性的转变。

1984年，按中央要求，社队企业改名为乡镇企业。

16. 农村合作医疗

1969年,嘉定部分生产大队开始办合作医疗。合作医疗由社员自愿参加,社员缴纳一定的合作医疗基金,金额由大队根据自身经济力量确定,每人从3～10元不等,多数大队5～6元,个人负担其中的1／3或1／2。合作医疗基金设立专户,专款专用,全年报销限额30～50元,超过部分或报销1／2,或全部自理。后随着社队企业的发展,合作医疗基金的集体部分数额不断增加,社员报销限额也随之不断增加。

17. 新泾大队《农业学大寨规划》

1972年9月,安亭人民公社新泾大队在县委工作组帮助下,制定"农业学大寨"规划,规划共27条,内容包括:粮食、棉花和油菜亩产分别争取达到1000公斤、100公斤和150公斤(即市制2000斤、200斤和300斤,称"二、二、三"),发展以养猪为首的多种经营,实现四旁绿化和土地园田化,增积自然肥料,修筑田间农机通道,建造农民新村,扫除文盲,搞好合作医疗等。经过一个冬春的实施,全大队筑成公路土路基1500米,埋设地下渠道1400米,疏通河道700米,建农民新村楼房1100平方米等,大队生产条件有较大改观。1974年7月,《红旗》杂志、《人民日报》分别登载新泾大队规划和实施规划的调查报告,全国先后有28个省(市)近20万人次来新泾大队参观。

18.《嘉定县1974～1985年农村社会主义建设规划(草案)》

1973年8月,中共嘉定县委根据新泾大队的规划及其实施情况,制定《嘉定县1974～1985年农村社会主义建设规划(草案)》,提出"重新安排嘉定河山,彻底改变生产条件,挖掘增产潜力,促进生产更大发展"的口号。内容包括:继续兴修水利,搞好(农)机、路、桥、渠(道)配套建设,实现水利系统化,发展林业、搞好植树绿化,进一步提高农业机械化程度,整顿、提高和发展农村电力网,开展科学种田,逐步建造农民新村,搞好计划生育等。1974年8月,县委又制定《嘉定县1974～1980年农业发展规划》,补充前一规划的不足,提出至1980年达到粮食亩产1000公斤、棉花100公斤、油菜籽150公斤和生猪饲养量76.5万头、淡水产品产量3500吨。

两个规划连同新泾大队规划,在层层贯彻后,形成了全县大搞农田水利建设的热潮,部分大队、生产队还建造了一批农民新村。

19. 常年亩产超吨粮的公社

1971年,中共嘉定县委、县革委会在嘉定县第四个五年计划(1971~1975年)中提出实现粮食常年亩产(市亩)超二千斤的号召。1975年,徐行人民公社粮田面积11190亩(习惯亩),粮食总产达到了2084万斤,常年亩产2023斤,其中三麦平均亩产487斤、早稻776斤、后季稻673斤,率先实现常年亩产超吨粮。

20. 庆祝粉碎江青反革命集团的胜利

1976年10月6日,中共中央采取果断措施粉碎江青反革命集团,历时十年之久的"文化大革命"动乱始告结束。同月24日,全县35万人民分别聚集在23个会场,收看、收听首都军民热烈庆祝粉碎江青反革命集团伟大胜利大会的实况,群情振奋,人心大快。会后举行了庆祝游行。

第四章　在徘徊中前进的两年
（1976.10～1978）

一、概　述

1976年10月6日,党中央采取果断措施,一举粉碎江青反革命集团,结束了为期十年的"文革"内乱。在中共嘉定县委领导下,嘉定广大干部和群众积极投入揭批"四人帮"罪行的运动,全力实行政治思想领域里的拨乱反正,努力恢复遭受严重破坏的国民经济,实现各项工作向新的历史时期的过渡。

1976年10月,中共中央发出《关于王洪文、张春桥、江青、姚文元反党集团事件的通知》。12月,嘉定全县开展揭批"四人帮"群众运动,掀起肃清"四害"流毒的热潮,清查与江青反革命集团篡党夺权阴谋活动有牵连的人和事,对领导权被帮派控制或被篡夺的单位进行重点整顿,清除参与"四人帮"篡党夺权的帮派骨干和混进领导班子的坏人,加强了各级领导班子建设。

1977年2月,为贯彻全国"农业学大寨"会议精神,中共上海市委和嘉定县委联合组成党的基本路线教育工作队,分别进驻县级机关和马陆、徐行、封浜、城西、娄塘5个公社,开展"一批二打"(揭批"四人帮"和打击阶级敌人、打击资本主义势力)运动。翌年3月,第二批党的基本路线教育工作队进驻17个公社,开展"一批二打"和"整党整风"运动。

1977年12月,中央组织部冲破"两个凡是"的束缚,打开了在全国范围内的落实干部政策、平反冤假错案的局面。按照中央的精神和市委的要求,嘉定县委对在"文化大革命"期间形成的各类案件以及建国以来的历史老案进行了复查。"文革"中由造反组织炮制的、涉及10个省市共1500余人的3个假特务案全部平反。

1978年4月5日,中共中央批准中央统战部和公安部关于全部摘掉"右派分子"帽子的请示报告,决定全部摘掉右派分子的帽子。9月17日,党中央批发《关于全部摘掉右派分子帽子决定的实施方案》并指出,对过去错划了的人,要坚持有错必纠的原则,做好改正工作。是年4月起,县委贯彻中央的指示精神,为嘉定县被错划了的123名"右派分子"作了纠正平反,落实相关政策。

1978年5月,《光明日报》刊登的题为《实践是检验真理的唯一标准》的文章,文章重申"实践是检验真理的唯一标准"这个马克思主义认识论的基本原理,从而引发了关于真理标准问题的大讨论。大讨论受到邓小平、叶剑英、胡耀邦等一批中央主要领导同志的有力支持,因而冲破重重阻力在全国逐步展开。是年10月,县委举办专题学习班,组织党员干部开展"实践是检验真理的唯一标准"的宣传和讨论,端正广大党员干部的思想,打破个人崇拜和教条主义的精神枷锁。12月,县委又在广大干部和群众中进行批判"两个凡是"的错误方针,彻底否定"文化大革命"的思想教育,为全面拨乱反正扫除思想障碍。经过揭批"四人帮"、平反冤假错案、开展真理标准讨论,克服"两个凡是"的影响等运动,嘉定的广大党员干部和群众的思想获得解放,为各项工作的拨乱反正奠定了思想基础。

1976年12月和1977年4月,中共中央针对"文化大革命"给工农业生产所留下的后遗症,相继召开了第二次全国"农业学大寨"会议和全国工业学大庆会议。会议号召全国人民在揭批"四人帮"的同时,掀起一个"抓革命、促生产"的高潮,努力把国民经济搞上去。会议强调要进行企业整顿,建立各项规章制度,恢复和发展生产。

从1977年4月开始,县委按照党中央、国务院的指示,狠抓工农业生产的整顿与发展,使全县的生产秩序得到逐步恢复。但由于从粉碎"四人帮"到党的十一届三中全会的两年中,受"两个凡是"错误方针的影响,"文化大革命"时期的极"左"理论和政策不能加以否定,在理论和指导方针上不能开展进一步的拨乱反正。在经济领域,全国继续开展"农业学大寨"运动,并提出一系列不切实际的新的跃进规划,因而嘉定的经济社会并没有真正走上健康发展的轨道。

1977年,马陆公社北管大队饲养场对饲养员实行定人、定饲养量、定产仔率、定饲料、定报酬、超产奖励的"五定一奖"联产承包责任制。同年,城西公社皇庆大队第三生产队从夏熟起,也开始推行全部农作物生产包产到组、超产奖励的生产责任制,部分地区对农业生产责任制进行的探索,使嘉定走在时代发展的前列,县委支持这些在当时视为异端的新生事物,于1978年出台《关于农村社队实行物质奖励的意见》,提出为了更好地实行按劳分配的社会主义原则,鼓励广大干部社员为国家、为集体多劳动、多贡献,加快实现嘉定农业现代化的步伐,规定自1978年起,对在农副工生产中创造优异成绩的公社、大队、生产队和先进个人,实行物质奖励。

1978年12月,中国共产党第十一届中央委员会第三次全体会议在北京举行。十一届三中全会结束了粉碎"四人帮"之后两年中党的工作在徘徊中前进的局面,实现了建国以来党的历史性伟大转折。嘉定也开始把工作重心从"以阶级斗争为纲"转移到"以经济建设为中心"上来,开始了改革开放的新征程。

二、大 事 记

1. 1976年10~12月

10月24日，嘉定县35万人民收听收看首都军民热烈庆祝粉碎江青反革命集团伟大胜利大会的实况。群情振奋，人心大快。会后举行庆祝游行。

12月，县委由点到面地传达贯彻中共中央24号文件，逐条逐段地向干部群众讲解江青反革命集团的罪证材料。

嘉定县卫生学校一九七六届中医班毕业生合影 　　　　　　　　　（照片提供 季 颖）

　　1976 年 11 月 9 日，马陆人民公社农民和正在农村劳动锻炼的上海师范大学学生一起在田头批判"四人帮"的滔天罪行

（刊于 1976 年 11 月 11 日《解放日报》二版，摄影吴文骥）

2. 1977年

2月4日,由上海市、嘉定县两级组成的党的基本路线教育工作队974人(其中市革命委员会派来53人),分别进驻马陆、徐行、封浜、城西、娄塘5个公社。开展"一批二打"(即揭批江青反革命集团和打击阶级敌人,打击资本主义势力)运动。至1978年3月结束,工作队撤离。

4月,开始清查"文化大革命"中与江青反革命集团阴谋活动有牵连的人和事,至1979年1月25日结束。查处并处理有严重问题的人11名。

8月21~23日,嘉定县遭罕见特大暴雨袭击。全县31.6万亩耕地、1607个生产队、35374户受淹,920间社员住房、1716间畜牧棚舍倒塌。死1人,伤6人。县委紧急动员抗涝救灾。

9月15~25日,县委举办有270人参加的党员干部学习班,联系实际,深入揭批江青反革命集团的罪行,帮助县委整风。

9月,长征人民公社种子场投资4万元,建成嘉定县蔬菜区第一座固定式喷灌站。灌区面积57亩。至1984年,长征乡成为上海郊区第一个实现蔬菜喷灌化乡。

10月,嘉定县第一幢10层高层建筑,于县城竣工使用。

10月,嘉定县原血吸虫病高发区的望新人民公社,经市、县两级考核验收,认定为上海市首批消灭血吸虫病的两个公社之一。

11月16日,县委召开揭批江青反革命集团及其余党的反革命罪行大会。县设主会场,各公社、镇设分会场,1.5万余人参加。

12月,蕰西水利枢纽工程开工,投资623.9万元。1981年10月竣工。

是年,马陆人民公社北管大队饲养场,率先对饲养员实行定人、定饲养量、定产仔率、定饲料、定报酬,超产奖励的"五定一奖"责任制。后在全县推广。

嘉定县交通建设局系统职工庆祝党的"十一大"召开时的游行队伍

(李 侗 摄影)

1977年4月,《毛泽东选集》第五卷出版发行。图为马陆人民公社干部群众在公社门口庆祝的场面

（照片提供 马陆镇）

庆祝《毛泽东选集》第五卷出版。图为嘉定县房管所学习毛主席著作动员大会会场

（李 侗 摄影）

1977 年 4 月 6 日，嘉定县举行"农业学大寨"万人大会。图为代表步入大会场的场面。大会在嘉定城中路体育场召开

（李　侗　摄影）

嘉定县 1976 年"农业学大寨"先进单位和积极分子光荣榜

（李　侗　摄影）

1977 年，马陆人民公社干部群众愤怒批判"四人帮"滔天罪行的场景

（照片提供马陆镇）

1977年2月，嘉定县建设系统欢送工农兵学员上大学的场景

（照片提供　嘉定博物馆）

1977年2月，嘉定县建设系统召开欢送工农兵学员上大学座谈会

（照片提供　嘉定博物馆）

1977年，嘉定县建设局欢送参加党的基本路线教育工作队的同志

（李　侗　摄影）

1977 年，马陆人民公社机关干部召开揭判"四人帮"会议
（照片提供　马陆镇）

1977 年，马陆人民公社干部到工厂农村，开展揭批"四人帮"活动
（照片提供
马陆镇）

1977 年 11 月，嘉定县
"五七"干校部分学员合影
（照片提供 章丽椿）

1977 年，嘉定县房管所欢送女泥工
王爱萍作为工农兵学员上大学学习时
的合影留念 （李 侗 摄影）

1977 年 12 月，投资 623.9 万
元的蕰西水利枢纽工程开工，
1981 年 10 月竣工
（陈启宇 摄影）

3. 1978年

6月,嘉定县城乡开展新时期总路线和新宪法的宣传活动。

7月,县委贯彻中央37号文件,解决对农民的不合理负担问题。共退赔应由国家负担的水利工程费用约20万元,补偿卖给农民短斤缺两的化肥257吨。

9月,娄塘人民公社对65周岁以上的老年社员发放生活补助金,每人每月5元。为嘉定县第一个对老年社员发放生活补助金的公社。

10月10日,疏浚蕰藻浜第一期工程开工。工程分两期进行,全长22.6公里,1981年4月竣工,翌年8月全线通行。

10月,县委举办"实践是检验真理的唯一标准"学习班,后在全县干部和知识分子中开展学习和讨论,进行"两个否定"(否定"两个凡是",否定"文化大革命")的教育,恢复党的实事求是思想路线。

12月,由嘉定县组织施工的蕰东水利枢纽工程开工。投资1156.6万元,1982年7月竣工。

1978年10月22~23日,外冈人民公社第八届人民代表大会召开　（照片提供　江凤文）

1978年,江苏省太仓、昆山、吴江,上海市青浦、嘉定第十六次"血防"联防协作会议在嘉定召开

1. 图为大会会场
2. 图为会议代表检查农村水井

（照片提供
嘉定区档案馆）

嘉定县种植蘑菇历史较早。20世纪50、60年代江桥、长征一带就有种植。1973年在上海市农科院食用菌研究所的指导下，马陆副业组投资建菇房开始种植香菇。1975年马陆香菇种植面积扩大到3万平方米。1977年推广个人栽培，1978年，投资办香菇场。图为马陆人民公社香菇场生产车间一角　（照片提供　马陆镇）

徐行人民公社黄草织品，誉满中外。图为1978年11月2日，黄草编织工艺技术人员正在传授编织技术　（刊于1978年11月《解放日报》四版，摄影毕品富）

1978年2月22日，马陆人民公社农机厂木工车间工人劳动场面

（照片提供　马陆镇）

1978 年，又是一个丰收年，徐行人民公社的田野上，人欢机鸣秋收忙 （刊于 1978 年 11 月 9 日《解放日报》四版，摄影毕品富）

1978 年，马陆农机管理站试制开沟犁。图为正在田间开沟的场景 （照片提供 马陆镇）

1978 年 10 月 22 日，长征人民公社红旗大队第七生产队农民正在座谈学习用哲学思想，指导蔬菜生产的体会 （刊于 1978 年 11 月 20 日《解放日报》四版，摄影毕品富）

1978年12月9日，马陆人民公社樊家大队大严生产队社员年终分配，喜获现金（刊于1978年12月28日《解放日报》四版，摄影吴文骥）

1978年5月13日，娄塘人民公社文艺宣传队在茶馆内向群众宣传新时期总任务（刊于1978年6月1日《解放日报》二版，摄影吴文骥）

1978年夏，共青团嘉定县委和县教育局联合在江苏省苏州市光福镇举办学生暑期夏令营。图为少先队员在光福镇中心校操场上举行营火晚会

（何根法 摄影）

　　1978 年，嘉定县在封浜水利工地杨家湾施工段挖掘出南宋年间木船一艘，在上海乃属首次

（照片提供　嘉定博物馆）

三、专题叙事

1. 揭批"四人帮"和清查运动

1976年12月起,全县开展揭批"四人帮"群众运动,清查与江青反革命集团篡党夺权阴谋活动有牵连的人和事。是年12月,县委由点到面地传达贯彻中共中央有关文件,把江青反革命集团的罪证材料向干部群众进行讲解和批判,在全县掀起肃清"四害"流毒的热潮。翌年2月,贯彻全国"农业学大寨"会议精神,市委、县委联合组成有974名队员组成的党的基本路线教育工作队,分别进驻县级机关和马陆、徐行、封浜、城西、娄塘5个公社,开展"一批二打"(揭批"四人帮"和打击阶级敌人、打击资本主义势力)运动。4月,进行清查工作,至1979年1月结束,共查处有严重问题的人11名。1981年下半年,县委结合考察干部工作,对17名在"文化大革命"期间犯有严重错误的干部作了组织处理,其中有8名被定为"三种人"(即"造反"起家的人、帮派思想严重的人、打砸抢分子。)

2. 中共嘉定县委工作机构恢复

"文革"前,嘉定县委工作机构设有办公室、组织部、宣传部、统一战线工作部、农村工作部、监察委员会、政法领导小组和党校。1967年1月,"造反派"夺权,县委机构被迫停止活动。1969年11月建立中共嘉定县核心小组,1970年9月中共嘉定县委恢复,并与县革命委员会组成党政合一的工作机构,有办公室、组织组、政宣组等。1978年,县委、县革命委员会工作机构分设,县委恢复组织部、宣传部、党校和农村工作部(后改为政策研究室)。1979年之后,又先后恢复县委办公室、统一战线工作部(后改为统战部)、党校,建立纪律检查委员会、政法委员会、老干部科(后改为老干部局)、党史资料征集办公室、信访办公室。恢复后的中共嘉定县委成为嘉定新时期经济社会建设的强有力的领导核心。

3. 真理标准问题讨论

1978年下半年,县委组织党员干部开展"实践是检验真理的唯一标准"的讨论,要求全县党员干部端正思想路线,打破个人崇拜和教条主义的精神枷锁。同年12月,县委根据解放思想、实事求是的思想路线,在广大干部和群众中进行彻底否定"文化大革命"的思想教育和批判"两个凡是"的错误方针,启发引导干部从理论和实践的结合上理解中共中央十一届三中全会的路线,为全面拨乱反正扫除思想障碍。

4. 农业生产责任制改革探索

"文化大革命"期间,由于"大锅饭"盛行,集体养猪场管理不善,经济效益低下,大多数养猪场收不抵支。1976年,全县有公社、大队、生产队集体饲养场2555个,养猪收入抵不上饲料等物质费用支出的有1450个场,占56.8%。1977年,马陆人民公社北管大队饲养员何小弟3

人,联产承包连年亏损的大队饲养场,不到一年扭亏为盈,年终何小弟得奖80元,引起人们普遍的激烈争论。同年,城西公社皇庆大队第三生产队从夏熟起,开始推行全部农作物生产包产到组、超产奖励的生产责任制,当年全队增产增收,4个承包组,组组超产,户户得奖。马陆人民公社党委为推行这调动生产者积极性的经营管理体制,曾在全公社组织"何小弟80元奖金该不该拿"的大讨论,并得到县委的支持。1979年2月,县委制定《关于试行农副产品生产包干、超售奖励合同制的意见》,全面推广北管、皇庆的经验。从此,嘉定农牧业生产的改革开始推行,饲养业的"三定一奖"联产责任制,蔬菜的联产、联本、联值、以产计酬责任制先后实施,使集体经济的优越性与农民个人的积极性都得到充分的发挥,为农村劳动力向以乡镇企业为主的二三产业转移创造了条件。

5. 中共嘉定县委出台《关于农村社队实行物质奖励的意见》

1978年10月18日,县委为了更好地实行按劳分配的社会主义原则,鼓励广大干部社员为国家、为集体多劳动、多贡献,加快实现农业现代化的步伐,提出从1978年起,对在农副工生产中创造优异成绩的公社、大队、生产队和先进个人,实行物质奖励。奖金项目分社队三级经济综合奖、高额丰产奖和其他单项集体奖、社队工厂经济综合奖、社队牧场、饲养场经济综合奖、个人先进奖等。

6. 蕰藻浜疏浚

解放后,蕰藻浜先后于1952年、1959年、1963年疏浚和疏拓。自1978年起,嘉定组织10万民工再次疏拓,自横沥向西开拓延伸,于黄渡孟泾村接吴淞江。工程分两期进行:第一期工程疏浚东起宝山县蕰东水利枢纽工程,西至方泰嘉黄公路,河段全长17公里,境内12.34公里,挖土755.66万立方米。1978年10月10日开工,翌年1月23日完成。第二期工程自嘉黄公路向西南拓浚延伸,与蕰西水利枢纽工程下游引河相接,过闸接吴淞江,全长5.6公里,共挖土341.3万立方米。1980年12月开工,翌年4月竣工。经拓浚后,蕰藻浜成为境内又一横贯全县的干河。

7. 市郊首幢高层商住楼

叶池大楼位于嘉定镇城中路、清河路交汇处东北侧。1976年初动工,1978年竣工。大楼地面10层,地下1层,净高35.8米,占地0.13公顷,房屋建筑面积4407平方米。大楼底层作商业用房,二楼以上为居民住宅,有住房72套。大楼有电梯1台,高压水泵2台和独立的变配电间,使用管道煤气。为上海郊区首幢高层商住楼。

第五章　改革开放新时期(上)
(1979～1992)

一、概　述

　　1978年召开的中国共产党十一届三中全会，作出把党和国家的工作重心转移到经济建设上来和实行改革开放的重大决策，中国从此进入到全面建设社会主义现代化的新时期。嘉定广大干部、群众贯彻执行三中全会精神，解放思想，开拓前进，全面完成拨乱反正的各项任务，嘉定的社会主义建设进入了一个新的阶段。

　　十一届三中全会后，以改革农业经营体制为重点的经济体制改革在嘉定迅速展开。改革从农民自发探索到政府组织，从联产承包到组到联产承包到户，至1983年，全县农业生产全面实行家庭联产承包经营，农业双层经营体制也逐步形成。1984年，嘉定改革"政社合一"的农村经济管理体制，人民公社三级集体经济成为区域性的合作经济。随着产业结构调整的步伐加快，嘉定的乡镇工业进入一个全新的发展时期，以厂长(经理)负责制为核心的企业经营承包制全面推行。1987年，取消人民公社建制，解决了"政企合一"、"以政代企"的弊端，向完善农村合作经济体制上迈出了重大的一步。

　　1979年，上海衬衫五厂与唐行人民公社联办分厂，打破了所有制和地区的界限，建成全县第一个联营企业，其后联营企业迅速发展。随着市场经济体制的建立，城市国有工业在产供销方面不再占有绝对优势，联营企业逐步向股份合作制企业和外商合资企业转制。1989年起，嘉定工业改革向调整行业结构和产品结构的方向发展，逐步形成电气机械设备制造、金属制造、机械工业等主要工业行业和10多个"拳头产品"。1990年10月，上海嘉宝照明公司建立(1992年改制为上海嘉宝实业股份有限公司)，县集体工业、乡镇工业开始向集团化、规模化方向发展。至1992年底，全县共组建9个企业集团。1991年，县和乡镇分别建立工业开发区，促使全县工业布局相对集中，加快了农村工业化、城市化的进程。

　　改革开放促进了嘉定工农业生产的快速发展。在推行以家庭联产承包为核心的责任制后，嘉定农业经济逐步走向专业化、社会化、商品化。根据"依托城市，服务城市"的方针，3个农业区(南部蔬菜、畜禽区，中部粮食、水产、食用菌区，北部经济作物区)各展其长。1990年，全县夏粮大幅度增产，被国务院授予"全国夏粮丰收先进县"称号，又先后被定为全国商品粮、食用菌、大蒜生产基地县。进入90年代，嘉定农业基本建设投入增加，机械化程度不断提高，农业科技加速推广应用，农业结构进一步调整、优化，基础农业、设施农业、特色农业、创汇农业有了新的发展。1992年全县耕地面积28904公顷,比1978年减少3640公顷,全年农业总产值70724万元,比1978年增长72.2%。

嘉定工业生产在转换经营机制,调整产业结构,并朝集约化、规模化方向发展中,通过扩大利用外资、引进国外先进技术、开展重大项目合作攻关、吸收外资嫁接改造等形式,增强了企业市场竞争力,建成了一批年销售产值超亿元的骨干企业,初步形成了科技含量较高的轿车配件、电光源、通信设备、精细化工、新型材料和高档服装等6个支柱产业。 1992年,全县工业企业发展到2035家,职工逾20万人;工业总产值(1990年不变价)达86亿元,按可比口径计算,比1978年净增16.27倍,年均递增22.6%;工业利润8.2亿元,比1978年增长8.31倍,年递增17.3%。

在推进改革、发展生产的同时,嘉定本着"全面规划,合理布局,统筹安排,量力而行,分期建设"的原则,加快了交通道路、邮电通信、电力燃气、给排水以及文化娱乐、卫生医疗等基础设施的建设。1992年,交通、邮电、电力等设施建设投资额达10亿元,比1978年增5倍。1988~1992年,全县改建公路30.16公里,公路总长754.51公里,翻建市政道路17条,总长24.5公里。1988年12月,开始建设全国第一个电话自动化县,1992年10月实施全县电话交换程控化工程。1986年起,先后铺设和建造了嘉罗(嘉定—罗店)煤气管、嘉定煤气柜和封浜液化气储灌站。在此期间,嘉定、安亭水厂扩建工程、污水处理工程以及墅沟引水工程相继实施,嘉定影剧院、嘉定体育馆、嘉定电视台等文化设施先后兴建或改建,古猗园、秋霞圃、孔庙、五代南翔寺砖塔及汇龙潭公园等相继扩建或修缮。县、乡镇卫生医疗设施全面改善。居民住宅建设与改造旧城镇结合,逐步转为小区配套建设,并向高层发展。

在抓物质文明建设的同时,嘉定的精神文明建设也走上健康发展的轨道。各地区、各部门广泛开展社会主义思想教育和普法教育,开展"建功立业在岗位"的社会主义劳动竞赛和以创建文明集镇为龙头,文明单位(村)为重点,文明班组、新风户、文明职工为基础的精神文明系列活动。社会治安综合治理工作层层建立"达标"责任制,维护了社会安定,确保了嘉定两个文明建设的健康发展。

1978至1992年,嘉定在改革开放的过程中,逐步成为基础设施日趋完备,生产规模快速壮大,市场供应日益繁荣,人民生活明显改善,科教文卫等事业蓬勃发展,比较文明富庶的县,并为90年代的嘉定经济大发展打下了基础。

二、大 事 记

1. 1979年

2月11日，县委、县革命委员会召开1600多人参加的三级干部会议，贯彻中共十一届三中全会关于实现工作重点转移到经济建设上来的精神。

3月，城西人民公社皇庆大队第三生产队，率先试行种植业联产承包到组责任制。至1980年，全县实行联产承包到组责任制的生产队发展到400多个。

8月22日，嘉定县贯彻中共中央有关文件精神，纠正"四清"等运动中被错划的地主、富农成分。至1980年4月结束。

8月23日，县委召开社（镇）、局党委书记会议，传达贯彻市委宣传工作会议精神，进行"实践是检验真理的唯一标准"的讨论，要求通过讨论，总结历史经验，完整地掌握毛泽东思想体系，端正思想路线，肃清"左"的影响。

9月，经上海市血防领导小组考核验收，嘉定县为上海市第一批消灭血吸虫病的3个县之一。1985年，县卫生防疫站被评为全国血吸虫病防治先进集体。

是年起，少数生产队自发恢复粮食两熟耕作制。1984年5月，县委、县政府决定：农民在保证完成国家下达的农副产品统购任务的前提下，有权自由选择作物种植制度。1985年，全县25万亩水稻全部改种单季稻。

是年，恢复因"文化大革命"而停办的集市贸易11处。

是年，嘉定县试行粮食、棉花、油料、大蒜、红葱、西甜瓜、蔬菜、生猪等8项农副产品"包产包干、超产奖励"合同制。

1979年2月，嘉定县医学会在嘉定孔庙明伦堂为"文化大革命中"被迫害致死的嘉定普济医院（嘉定县人民医院前身）院长、名医葛成慧举行追悼会

（照片提供　周其确）

1979年5月17日,马陆人民公社樊家大队大严生产队社员在"三夏"中脱粒麦子
（刊于1979年5月19日《解放日报》一版,摄影周先铎）

1979年6月,嘉定县召开文史工作第二次座谈会　　　　　　　（照片提供　周其确）

1979 年 10 月，正在上海举办日本横滨工业展览会的日方人员参观马陆人民公社农田水利设施

（照片提供 上海市档案馆）

1979 年，共青团嘉定县委和县教育局联合在南翔古猗园召开校外辅导员聘任会

（照片提供 何根法）

20 世纪 70 年代马陆人民公社棕坊大队建造的农民住宅

（李伺 摄影）

　　1979 年 4 月,上海衬衫五厂为扩大"海狮牌"衬衫的出口,与唐行人民公社工业公司各投资 40 万元,联办上海衬衫五厂唐行分厂,为嘉定县首家工农联营企业　　（陈启宇　摄影）

上海衬衫五厂唐行分厂缝纫车间　　（陈启宇　摄影）

　　1979 年,嘉定清河路、城中路等街道上,经常出现穿着时髦的女士　　（何根法　摄影）

2. 1980年

4月3日，嘉定汽车站建成。至1987年该站拥有16条交通线路，贯通上海市区和全县4个县属镇和16个乡。

4月11日，马陆人民公社隆重举行"上海大阪友好人民公社"命名仪式。上海市副市长王一平、陈宗烈和日本国大阪府知事岸昌等参加。

秋，封浜人民公社火线大队朱家生产队、曹王人民公社和平大队张北生产队率先试行全部作物联产到劳、包产到户责任制。翌年9月7日，县委发文加以肯定和推广。1982年11月底，实行此种责任制的生产队发展到1829个，占粮棉生产队总数的80.4％。

10月1日，嘉定农工商联合企业成立，为上海郊区首创。

11月27日，世界卫生组织命名嘉定县为该组织的初级卫生保健合作中心。陈龙任主任。

同月，嘉定、南翔两镇始行住宅商品房出售。首批拨出商品房278套，建筑面积2.08万平方米。

是年，为国家"五五"计划的最后一年，嘉定县工农业总产值7.8亿元（工农业产值分别占75.78％和24.22％），年均递增率为9.5％。

嘉定城厢镇千户居民分到新居

单位自建住宅实行「四统一」见效快

本报讯 市郊"卫星城"——嘉定县城厢镇对自建住宅的单位实行统一征地、统一安排市政配套设施、统一调剂建筑材料、统一施工，大大加快了住宅建设。近两年来，国家统建公房和单位自建公房开工面积每年达十万平方米，去年底，竣工交付使用面积五万多平方米，今年已有一千零九十二户居民高高兴兴地迁入新居。新住宅房间向阳，独门独户，都有阳台和抽水马桶，还装了水表、电表和煤气管道。预计今年底的竣工面积比去年还有较多的增加。

嘉定县城厢镇自一九五九年辟为"卫星城"以来，已有三十二个中央部属和市属单位从市区迁来嘉定，全镇人口由近三万人增加到七万八千多人。十年动乱期间，住宅建设处于停顿状态，住房困难户和要求改善居住条件户达五千多户，约占总户数的百分之五十。粉碎"四人帮"以后，要求自建住宅的就有二十五个单位，但建房单位提出建房计划，要多头奔走，往返曲折，往往一拖就是一年半载；有时即使项目批准了，又碰到选址与总体规划的矛盾，也有些单位选址时遇到拆迁户过多、负担过重的困难；也有的碰到供应的建筑材料规格和品种不对路，以及在埋设地下管道时出现各行其是、互不衔接等弊病。为了解决好这些矛盾，这个县除了抓好国家统建住宅外，还由县建设局出面，对申请建房单位实行"四统一"：统一征地、选址、规划、设计和拆迁，统一安排市政配套工程设施，统一组织建筑材料的调剂，统一组织施工和指挥。这样，使建设新住宅与改造旧城镇结合起来，形成了一个个整齐得体的住宅小区，改变了过去分散建房造成的布局零乱、进展缓慢、浪费人力物力等弊病，施工进度大大加快。

为了尽可能合理地分配新房，各单位都建立了分房小组，广泛倾听群众意见，特别对那些住房确有困难的科技、教卫和工程技术人员，结婚多年无房以及要求将市区户口迁往郊区的职工作了适当照顾。今年分到新房的一千余户职工，约占全镇要房户的百分之二十，平均每人居住面积从原来三点七平方米增加到六点七平方米。原在市区的一百四十四户职工分到新房后，很快把户口迁来嘉定。上海原子核研究所有一位助理研究员，全家四口原住房不到九平方米，这次分到二十八平方米住宅一套；另一名助理研究员长期住在市区岳母家里，两家八口人只住十一平方米，这次他一家四口也分到二十八平方米住宅一套。硅酸盐研究所实验工厂的五位工程技术人员，原来都是住房困难户，这次他们迁入新居后，不仅居住面积增加一倍左右，而且环境安静舒适。

根据嘉定城厢地区科技单位较多的特点，目前正在加紧建造六千平方米标准较高的住宅，重点照顾副教授、副研究员以上的知识分子。为了开辟多种住宅投资渠道，他们还打算从今年竣工的住房中拿出二十八套新住房向私人出售，摸索住宅商品化的经验，使住宅建设的步子迈得更快。

（本报通讯员 陈善祥）

1980年11月9日，《解放日报》刊登"嘉定城厢镇千户居民分到新居"的报道

1980 年 12 月 25~26 日,南翔镇第九届人民代表大会第一次会议召开

（照片提供　南翔镇）

1980 年 12 月 26 日,南翔镇人民政府挂牌　　　　　　　　（照片提供　南翔镇）

1980年4月11日,"上海大阪友好人民公社"命名仪式在马陆人民公社隆重举行

（照片提供　马陆镇）

1980年4月11日,日本大阪府友好访华团在马陆人民公社　　（照片提供　马陆镇）

1980年5月，南翔镇饮食行业实行送货下乡，服务"三夏"。图为南翔饭店职工用流动车将熟食送到农民家门口，方便他们购买（刊于1980年6月6日《解放日报》二版，摄影陈启宇）

1980年，曹王人民公社成立嘉定县农村第一家敬老院
（陈启宇　摄影）

1980年，嘉西人民公社秋收时节生产队打谷场一角　（陈启宇　摄影）

1980 年，棉花收购
（陈启宇　摄影）

1980 年，马陆干香菇加工场　（陈启宇　摄影）

被誉为"国宝"的嘉定梅山猪，经科技人员多年培育，已成为世界著名猪种之一。1980 年 3 月其育种技术荣获上海市科学技术成果二等奖　（陈启宇　摄影）

联合国世界卫生组织（简称 WHO），1980 年 12 月上旬，在日内瓦总部召开专业会议上，初级卫生保健合作中心主任（原嘉定县中心医院院长）陈龙医师被推选为这次会议的副主席 （照片提供 陈 龙）

20 世纪 80 年代初，农村家庭电视机拥有率较低。1980 年寒假期间，一些儿童聚集在江桥二村有电视机的农户家庭看电视 （何根法 摄影）

20 世纪 80 年代初期，随着农村机械化程度不断提高，嘉定农村已难见水牛。这是江桥乡江桥村第二生产队饲养的最后两头耕牛 （何根法 摄影）

3. 1981年

3月31日,上海市首届"上海杯"马拉松和竞走赛在嘉定县举行。

6月19日,嘉定县志编纂委员会成立,着手编纂解放后第一部新县志。

6月24日,针对在推行联产到组、到劳生产责任制中的不同意见,县委领导率60多名机关干部分别到嘉西、戬浜、曹王等8个公社进行调查研究。

7月,取消嘉定县革命委员会,恢复嘉定县人民政府。

是年起,国家发行国库债券。至1987年,嘉定县共购买国库债券2126.2万元,年年超额完成任务。

1981年5月,嘉定县有关部门干部正在研究嘉定镇近期建设规划

（照片提供　陈善祥）

20世纪80年代初,嘉定农工商联合企业在嘉定镇州桥创办的第一家综合门市部,方便群众购买生产和生活资料

（陈启宇　摄影）

20世纪80年代初,市民在嘉定风雷五金商店凭票购买黑白电视机 　（陈启宇　摄影）

1981年,南翔镇人民街大昌盛老字号商店柜
台一角　　　　　　　　　　（陈之平　摄影）

1981年,南翔镇人民街早市
　　　　（陈之平　摄影）

改革开放使嘉定市场充满生机。图为 20 世纪 80 年代初期嘉定城中农贸集市一景

（陈启宇　摄影）

20 世纪 80 年代,嘉定街头小吃摊　　　　　　　　　　　　（陈启宇　摄影）

嘉定锡剧团坚持下乡演出，受到农民热烈欢迎。图为嘉定锡剧团在徐行人民公社演出时的壮观场面

（陈启宇　摄影）

20世纪80年代初，外冈乡藤条制品工场职工正在编织日用器具

（陈启宇　摄影）

1981年，留存在沪宜公路南翔镇仙槎桥边的碉堡

（陈之平　摄影）

3. 1982年

3月,嘉定县开展第一个"文明礼貌月"活动,重点治理脏、乱、差。

4月3日,中共上海市委和市人民政府在嘉定县曹王人民公社进行政社分设的试点。

11月,上海市人民政府授予嘉定县养鸡专业户陆荣根"勤劳致富"的光荣称号。

是年,嘉定县马陆人民公社为市郊第一个工业利润超千万元的公社。

是年,嘉定县被列为全国农村改善饮水工作的7个重点县之一。全县19个公社相继兴建自来水厂。

1982年,第三次人口普查时的宣传活动

（照片提供 张建伟）

1982年,第三次人口普查时的企业动员会议

（照片提供 嘉定区档案馆）

　　1982 年 5 月，进行第三次人口普查。7 月 1 日零时，嘉定县总人口 521255 名。其中男性 256188 名，女性 265067 名
（照片提供　嘉定区档案馆）

1982年,全国人大常委会副委员长胡厥文回故乡嘉定与县工商联和民主党派负责人合影

（刊于 《风雨50年》）

1982年,地处嘉定县真如镇、长征乡的上海最大的兰溪路蔬菜交易批发市场

（照片提供 上海市档案馆）

1982年1月，嘉定县人大、政协组织人大代表、政协委员视察市场，检查物价。这是政协委员在嘉定镇州桥地区检查物价 （照片提供 嘉定区政协）

1982年，上海市安亭师范学校建校六十周年，一批批校友从各地来到母校参加庆典。图为一位白发苍苍的校友正在签到

（何根法 摄影）

1982年4月，嘉定连接江苏太仓的新浏河上的陆渡大桥落成通车
（李 侗 摄影）

陆渡大桥未建时，嘉定、太仓市民利用摆渡船过浏河　　（李　侗　摄影）

1982年5月25日，嘉西人民公社竹筱大队三队插秧情景　（李　侗　摄影）

1982年4月9日，娄塘人民公社娄南大队社员用水牛耕田
（李　侗　摄影）

改革开放初期,嘉定农业走"一业为主多种经营"道路。图为马陆人民公社的奶牛饲养场

（照片提供 马陆镇）

1982 年 10 月 7 日,美国前国务卿亨利·基辛格博士访问马陆人民公社樊家大队樊家生产队社员樊忠良家（照片提供 马陆镇）

1982 年 3 月,全国春季马拉松和竞走比赛在嘉定举行

（李 侗 摄影）

5. 1983年

2月1日,县委印发《关于完善"专业承包,包干分配"责任制的通知》。至10月,全县粮棉地区实行包干分配责任制的生产队共2100个,占总队数的96.6％。

3月,嘉定县进行政社分设试点,改变人民公社政社合一的体制,建立乡人民政府,保留公社管理委员会建制,乡以下设村。并试行镇管村新体制,南翔人民公社并入南翔镇。至7月,全县政社分设工作结束。

3月,嘉定县在实行家庭联产承包责任制的生产队中,建立农业科技示范户3400多户,成为指导农民科学种田的骨干力量。

3月,嘉定县开展"五讲"(讲文明、礼貌、卫生、秩序、道德)、"四美"(心灵美、语言美、行为美、环境美)、"三热爱"(热爱祖国、社会主义、中国共产党),以及争创"三优"(优质服务、优良传统、优美环境)的文明礼貌活动。

8月17日,县委部署分期分批组织党员干部学习《邓小平文选》,并以坚持和发展毛泽东思想、走中国特色的社会主义道路、重视科学、重视教育和知识分子以及党的建设等为学习重点。

12月,嘉定县民兵训练基地动工,1985年9月竣工。占地2.53万平方米,建筑面积2000平方米。为南京军区设施齐全的县级民兵训练基地之一。

是年起,嘉定县连续3年被评为全国计划生育先进县。1987年,全县计划生育率为99.34%。

是年,嘉定县改革招工制度,实行劳动合同制,招收首批合同工80名。

1983年4月4日,《文汇报》刊登"市郊第一个完成政社分设的基层政权——曹王乡政府诞生"的报道

1983年,南翔镇生产街

1. 集贸市场上熙熙攘攘的人群和横沥中出售农副产品的船只

2. 集贸市场上在出售自产自销时令蔬菜的农民

（陈之平　摄影）

1983年8月,日本大阪府八尾市少年棒球队来嘉定比赛,受到嘉定一中师生的热烈欢迎　　　　　　　　　　　　　　　　　　　（照片提供　许　锋）

改革开放初期,嘉定农村农民新婚嫁妆　　　　　　　　　　（陈启宇　摄影）

实行家庭联产承包责任制,土地家庭承包经营后,种植业呈现多样化。图为农民在公路边出售自己种植的西瓜

（照片提供　嘉定博物馆）

20 世纪 80 年代初,嘉定镇人民居委在人民街开设吊桥修理门市部，为附近居民制作、修理木器和家具

（陈启宇　摄影）

1983 年,嘉定传统特产"白蒜"亩产突破500 公斤,创历史最高纪录。1981~1987 年,嘉定每年出口蒜头万吨左右,年创汇约 500 万美元,被国家定为大蒜出口基地之一

（陈启宇　摄影）

20世纪80年代初,马陆童车厂生产的"红花牌"童车远销世界各地

(陈启宇　摄影)

　20世纪80年代,自行车是市民出行的主要代步工具。图为嘉定影剧院广场夜场电影时的情景　　　　　　　　　　　　　　(陈启宇　摄影)

1983年，嘉西人民公社果园大队的74位65岁以上的社员，正在喜领退休金

（蔡武纯 摄影）

20世纪80年代初，长征人民公社的农民家庭用上了电视机

（陈启宇 摄影）

20世纪80年代，嘉定镇儿童在镇边农田玩耍、钓黄鳝

（陈启宇 摄影）

6. 1984年

2月16日,上海市文化局和嘉定县人民政府在嘉定镇联合举办1984年上海市农村暨嘉定县元宵灯会。观众达20余万名,另有外宾600余名专程来嘉观灯。

3月29日,县委建立整党办公室,9月起分2期5批开展整党。全县有51个党委(组)、28个党总支、1280个基层支部、2.48万名党员参加。至1986年12月结束。整党中受组织处理的党员227人,占党员总数的0.91%,其中清除出党的37人。

3月,嘉定县开展"做文明市民,创文明单位(村),建文明乡镇"活动。是年,全县首次评出市文明单位5个,县文明单位(村)62个。

5月19日,县委印发《关于进一步放宽农村经济政策若干问题的通知》,提倡和支持多层次、多形式兴办乡镇企业,繁荣农村经济。此后,生产队工业从无到有,不断发展,至1987年,全县有生产队工业企业189家,总产值3320.8万元。

9月1日,嘉定县首家出租汽车公司开张营业。至1987年,全县出租汽车服务单位发展为6个,拥有各种客车149辆,座位1272个。

9月,嘉定县长征乡新村大队投资4万元,建成市郊第一座电脑控制喷灌系统。

11月21日,嘉定县真如镇和长征乡、桃浦乡的一部分,计9969户38864人,9.3平方公里划归普陀区。至此,全县设3镇、18乡,辖42个居民委员会、226个村民委员会。

1984年10月,嘉定县嘉西乡、上海市纺织局等7个单位和泰国利安公司合资筹建上海联华合成纤维有限公司,为嘉定县第一家中外合资企业 (陈启宇 摄影)

1984年8月7日,沪嘉高速公路建设第一次指挥部成员会议在嘉定县政府招待所召开 （李侗 摄影）

1984年12月21日,中国大陆第一条高速公路——沪嘉高速公路破土动工

（陈启宇 摄影）

20 世纪 80 年代，娄塘文艺宣传队下乡巡演

（陈启宇　摄影）

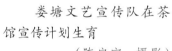

娄塘文艺宣传队在茶馆宣传计划生育

（陈启宇　摄影）

20 世纪 80 年代，嘉定县为贯彻计划生育基本国策，经常开展计划生育和优生优育的宣传和咨询

（陈启宇　摄影）

1984年开始,嘉定建设开发公司与上海爱建公司开发建造的杨柳青路爱建新村高档侨汇房,是上海最早建造的高级住宅区之一 　　　　　　　　　　　　　(何根法　摄影)

水上运输曾经是嘉定农村的主要运输手段。图为20世纪80年代初,农民用船将一批批农副产品运到嘉定城中农贸市场出售。城中的练祁河内,停满了农船　　(陈启宇　摄影)

嘉定北部农村,流传数百年的黄草编织技术,还在代代相传,生机无限

　　　　　　　(陈启宇　摄影)

　　嘉定耕作制度历来以夏秋两熟制为主,主要作物是麦子、水稻等。1955 年始,逐步推行三熟制,即麦子、早稻、晚季稻等。1969 年起,大幅度扩种双季稻(即早稻、晚季稻)。1983 年后,三熟制逐步恢复为两熟制。图为 20 世纪 80 年代初马陆人民公社南马陆生产队社员正在脱粒早稻

（照片提供　马陆镇）

　　嘉定县 1984 年度储蓄表彰、"双有"储蓄小兴趣开奖大会在嘉定影剧院召开

（陈启宇　摄影）

　　20世纪80年代初,城东人民公社一户农民家庭三代人幸福祥和的生活景像　　(刊于《中国建设》杂志英文版1986年第七期　摄影　陈启宇)

　　1984年,嘉定镇清河路农贸市场里,农民在选购苗鸡　(刊于《中国建设》杂志英文版1986年第七期,摄影　陈启宇)

7. 1985年

5月10日,嘉定县始发居民身份证,至1986年12月结束,共发证378607份。

7月6日,县委发出《关于向岳明高等9位烈士学习的通知》。

10月,农业银行嘉定支行首次发行金融债券620万元。

10月,嘉定县召开首届老年人运动会,503名运动员参赛。

年底,成立嘉定县普及法律常识办公室,开展普法教育。先后培训法制宣传员1609人。至1988年3月,全县有23.1万名干部和群众参加学习并考试合格,占有接受教育能力公民的90%。

是年,为国家"六五"计划的最后一年,嘉定县工农业总产值17.48亿元(工农业产值分别占87.64%和12.36%)。

改革开放初期,嘉定县嘉西乡农民积极售卖余粮的情景 (陈启宇 摄影)

1985年,嘉定县召开进一步搞活企业经验交流大会(照片提供 嘉定区档案馆)

1982~1986 年，嘉定连续五次承办全国春季马拉松赛和竞走赛，图为 1985 年全国春季马拉松竞走比赛场景
（陈启宇 摄影）

1985 年，嘉定县参加 1985 年全国农民"青年文化杯"乒乓球赛的选手正在加紧训练
（陈启宇 摄影）

1985 年 8 月，嘉定县第二届农民运动会自行车负重比赛在嘉定镇北门环城路段进行。图为运动员推着装载沙袋的自行车整装待发
（陈启宇 摄影）

1985 年 5 月 17 日，嘉定县盲人聋哑人协会首次活动合影 （照片提供　嘉定区民政局）

1985 年，嘉定镇城区一中开展班班有歌声——国歌演唱比赛，在学生中开展爱国主义
教育　　　　　　　　　　　　　　　　　　　　　　　　　（照片提供　金美霞）

1985 年 9 月 9 日,县委、县政府召开首届教师节庆祝大会。10 日,县领导分成 6 个组到各乡镇慰问教师

1. 庆祝大会会场——嘉定影剧院
2. 嘉定校办工业公司为教师服务,免费修理家电
   (照片提供 嘉定区档案馆)

1985 年 6 月 16 日,嘉定县司法局在南翔镇设立经济法律服务所。图为挂牌仪式
(照片提供 嘉定区司法局)

改革开放初期，嘉定
镇州桥日用品商店顾客盈
门　　（陈启宇　摄影）

庆祝国庆 36 周年文艺演出　　　　　　　（照片提供　嘉定区档案馆

陈启宇　摄影）

20世纪80年代中期，安亭成立施乐汽车服务公司，接送安亭地区国营大厂市区职工上下班

（照片提供 上海市档案馆）

20世纪80年代中期，江桥镇上茶馆

（陈启宇 摄影）

20世纪80年代初，嘉定县南部地区农村青年结婚搬嫁妆的情形

（何根法 摄影）

8. 1986年

1月8日,国务院副总理李鹏到嘉定县外冈乡葛隆村河西生产队访问农民,详细询问他们的家庭收支和副业生产情况。

1月,嘉定农副产品贸易中心动工兴建,1988年1月竣工,占地8.3亩,建筑面积6000平方米,为当时市郊最大的室内农副产品交易市场。

6月2日,原中国人民解放军上海市嘉定县人民武装部更名为上海市嘉定县人民武装部。由军队建制改为地方建制,受地方和军队双重领导,并办理交接仪式。

10月13日,县委、县政府印发《关于稳步发展农业适度经营规模的通知》。此后,各类专业户有较快发展。至1987年底,全县各类专业户由1983年的71户增加到4010户。其中粮食专业户315户,水果、蔬菜、花卉专业户133户,食用菌专业户1019户,养殖业专业户2543户。

12月22～24日,召开中共嘉定县第五次代表大会。

是年,嘉定县与市属工业企业、外贸公司、大专院校、科研单位联合经营的工业企业(简称联营企业),由1980年的4家增加到147家,至1987年增至202家。

1986年4月,嘉定县在嘉定博物馆举办党性教育展览会

(照片提供　嘉定区档案馆)

1986年11月18日,中共中央总书记胡耀邦到嘉定视察,并为嘉定科学卫星城题词

（照片提供　嘉定区档案馆）

1986 年 11 月 14 日，嘉定县政府召开会议，表彰天益味精厂生产的"口得福"大颗粒味精在法国巴黎举行的第十二届国际食品博览会上获金牌奖 （陈启宇 摄影）

上海天益味精厂生产的味精产品和部分荣获的奖牌及证书
（照片提供 马陆镇
陈启宇 摄影）

20 世纪 80 年代，为建设上海"菜篮子"工程，嘉定县兴办一批设施农业。图为江桥乡栅桥村现代化蔬菜生产基地
（陈启宇 摄影）

1986年11月19日，嘉定县举办整党成果展览会 （照片提供 嘉定区档案馆）

1986年12月，沪杭铁路外环线建设竣工，贯穿县境10.6公里，境内设封浜、匡巷2个火车站。图为沪杭铁路外环线施工现场 （陈启宇 摄影）

1986年3月29日，丹麦王国政府代表团保罗·施品特首相在长征乡观看退休农民下象棋 （刊于《今日嘉定》）

1986年2月，马陆乡马陆香菇场的香菇远销中国香港、东南亚。图为香菇场技术人员正在研究培育新品种 （刊于1986年2月3日《解放日报》二版，摄影俞新宝）

20世纪80年代后期，唐行、曹王、徐行、马陆一带掀起养殖蚌珍珠热潮。图为马陆乡养殖场职工正在采集珍珠

（照片提供　上海市档案馆）

1986年8月，马陆乡园艺场职工采摘"巨峰"葡萄（刊于1986年8月13日《解放日报》二版，摄影周先铎）

1986 年 6 月 1 日,嘉西乡幼儿园庆祝"六一"儿童节,举办幼儿运动会
（照片提供　嘉定镇街道）

1986 年,封浜乡水产队渔民,利用休息时间开展水上拔河比赛
（陈启宇　摄影）

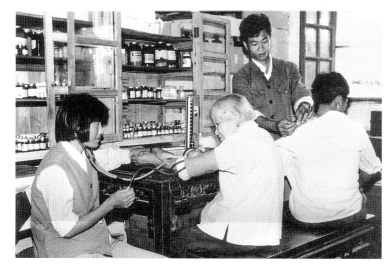

改革开放后,农村卫生室的设施及医务水平有了较大的改善和提高。图为嘉西乡一乡村卫生室正在为农民治病
（陈启宇　摄影）

9. 1987年

1月,嘉西乡秋霞彩印厂试行企业租赁制,为嘉定县第一家租赁企业。

3月4日,县委、县政府发文撤销公社管理委员会,建立乡(镇)农工商联合社;撤销大队管理委员会,建立村农工商合作社;生产队名称不变。

11月,嘉定无线电元件厂试行招标承包制。原厂长何月娥等4人组成的承包小组中标。为嘉定县第一家实行招标承包的县属集体企业。

是年,由嘉定县自行设计建造的12层、14层、16层三幢大楼在嘉定镇城中路清河路口落成。时为市郊最高的建筑群。

是年,嘉定县农村年人均收入1066元(不包括家庭副业),比1978年的263元增加3.1倍。全县工农业总产值实现26.7亿元,财政收入突破3亿元,名列全国县(市)第4位。

是年,南翔镇、马陆乡率先实行农村社会养老金保险制度。至1990年6月,全县有14个乡镇仿效实行。

1987年7月,马陆乡第一工业公司与日本三和化研株式会社合资,在马陆创办上海三和医疗器械厂,主要生产医疗气垫。1987年12月25日试产成功,为国内生产医疗气垫填补了空白。图为合资签约仪式 (照片提供 陈耀忠)

1987年9月，县委组织10名利润超百万元的村支部书记考察天津大邱庄、北京四季青、南昌顺外大队，学习全国先进村经济发展的经验。图为考察团成员在南昌顺外大队参观，听取介绍　　（何根法　摄影）

嘉定水泥厂始建于1970年10月，期间隶属关系几经更迭，企业设备几经改造。1982~1984年，连续三年被国家农牧渔业部评为质量优胜企业。400#矿渣水泥为上海市地方水泥质量第一名。1986年，被列为嘉定县政府工业技改重大项目，再次扩建。至1987年，年产水泥10万吨，利税140多万元　　（照片提供　陈学初）

1987年7月，经上海市人民政府批准，南翔自来水管网接通长桥水厂，建立日供水量1万吨的给水站，全镇居民及5平方公里内的农户都用上了自来水，结束了自民国14年(1925)以来南翔地区主要依靠深井取水的局面。图为南翔长桥供水工程竣工典礼

（照片提供　嘉定区档案馆
陈启宇　摄影）

倒塌的房屋
（何根法 摄影）

1987 年 7 月 28 日下午 4 时 40 分左右，封浜、江桥、桃浦三个乡的 5 个村共 16 个生产队遭龙卷风袭击。龙卷风所到之处，电杆倒地，树木拔根，农田棚架倒塌。有 263 户农户的 707 间房屋和 203 间集体用房被毁，伤 32 人，1 名孕妇死亡。直接经济损失 109 万元。面对突然而至的灾害和灾情，嘉定县连夜成立抗灾指挥部，动员全县力量投入抗灾，支援灾区重建。第二天，就组织二十多支建筑工程队自带干粮，自备材料，进灾区抢修。仅一周，600 多间受灾住房抢修竣工。第八天，263 户受灾农户重返家园，创造了嘉定抗灾史的奇迹

各乡镇支援重建 　　　　　（陈启宇 摄影）

嘉定遭遇龙卷风袭击后,得到市有关部门的大力支持。图为7月29日武警官兵在现场帮助清理受灾现场（刊于1987年7月30日《解放日报》一版,摄影吴文骥）

保险公司上门进行资产损失评估　（陈启宇　摄影）

中德合资上海大众汽车有限公司德方成员募集"7·28"龙卷风受灾捐款,由该公司技术执行经理保尔先生专程到封浜乡转交给在一线抗灾指挥的县政府领导　（陈启宇　摄影）

1987 年 5 月,黄渡乡农工商联合社成立大会

（照片提供　安亭镇）

1987 年 5 月,黄渡乡党校挂牌

（照片提供　安亭镇）

1987 年 12 月 31 日,在上海市公交公司支持下,由江桥乡自筹资金开办的从曹杨新村到江桥的公交专线——曹江线通车　　　（照片提供　江桥镇　张林妹　摄影）

1987年5月28日,上海市少年儿童浏河营地在嘉定县唐行乡双浏村举行开营仪式　　　　　　　　　　　　　　　　　　（陈启宇　摄影）

1987年5月,嘉定县农工商联合企业总公司及市属两家公司与泰国正大集团合资,在泰国筹建正海食用菌股份有限公司,为嘉定县出资金、出技术、出人员去国外建办合资企业之首创（照片提供　嘉定区档案馆）

1987年9月29日，嘉定县举办首届文化节
（照片提供 嘉定区档案馆 陈启宇 摄影）

首届文化节期间举办的《祝您健康》专场演唱 （陈启宇 摄影）

1987年，嘉定县政府召开节约能源，节约工业用材经验交流会
（照片提供 许 锋）

1987 年 7 月 16 日,嘉定县政协之友联谊会成立　　（照片提供　嘉定区政协）

1987 年 7 月 17 日,嘉定县召开从医四十年医务工作者茶话会

（照片提供　嘉定区政协）

1987年1月9日,嘉定县在嘉定镇举办大型商品展销会,现场销售火爆
（照片提供 嘉定区档案馆 陈启宇 摄影）

1987年9月9日,嘉定县政协常委视察安亭镇顾浦联营商店
（照片提供 嘉定区政协）

20世纪80年代初,嘉定农工商联合企业在城中路上开办为民饮食店,方便南来北往的市民就餐

（陈启宇　摄影）

1987年3月,马陆乡"学雷锋树新风"服务日活动

（照片提供　马陆镇）

1987年2月24日,苏、浙、皖、沪、滇的15名毛兔专家,在嘉定县唐行乡种兔场召开技术鉴定会。评定唐行长毛兔为中国培育成功的第一个优质长毛兔新系。其群体公母兔平均产毛量为1114.6克,比纯种德系兔增加187.5克,比本地长毛兔增加2~3倍,达到国际先进水平。图为唐行兔毛收购站　　（陈启宇　摄影）

10. 1988年

1月12日，县委、县政府召开深化工业企业改革会议。参加会议的有县和乡镇党政领导和乡镇骨干企业厂长1300余人。会议重点交流把竞争机制引入企业，搞活企业内部分配，提高企业经济效益的经验。

1月30日，县委在唐行乡召开深化农村改革会议。

2月11日，县委、县政府召开预防甲型肝炎和加强安全生产紧急会议。传达市委、市政府有关指示并通报嘉定县"甲肝"流行情况。要求各单位立即动员起来做好预防工作。

4月12日，县政府和各乡镇人民政府举行《财政包干协议书》签约仪式。

7月15日，县委、县政府召开优秀企业家授奖大会。授予46名厂长为县优秀企业家称号，有20名厂长受表扬。

1988年10月31日，被列为上海市人民政府该年度十件实事之一的大陆第一条高速公路——沪嘉高速公路举行通车典礼。中共上海市委书记江泽民为通车剪彩（陈启宇 摄影）

全长20.5公里，设计时速120公里，昼夜通车达4万辆的沪嘉高速公路实现中国大陆高速公路零的突破（刊于1988年11月1日《解放日报》一版）

1988 年，安亭镇工农联营，工农双方配合，工方技术人员辅导农方管理人员，共同抓好质量管理

（照片提供 安亭镇）

1988 年 6 月 22 日，国画大师陆俨少画展在嘉定博物馆开幕。这是他在故乡举办的首次画展，共展出立轴、册页 65 幅

（何根法 摄影）

1988 年 5 月 24 日，职业外交家顾维钧家属向嘉定博物馆捐赠顾维钧生前遗物。嘉定县政府为此举行捐赠仪式

（何根法 摄影）

1988年4月，嘉定县政府代表团参加云南省楚雄州建州三十周年庆祝
活动　　　　　　　　　　　　　　　　　　　　　（照片提供　陈学初）

　　　1988年3月24日，从南京开往杭州的311次客车和从长沙开往上海
的208次列车在县境内沪杭铁路外环线匡巷附近相撞，死亡旅客28人（其
中日本旅客27人），受伤旅客99人（其中日本旅客37人），嘉定县100多
名公安干警和500多名民兵奔赴现场维持秩序。县卫生部门组织200余名
医务人员救护伤员。图为救助现场　　　　　　（照片提供　公安嘉定分局）

'88秋季民俗文
化博览会于1988年
11月5日在秋霞圃开
幕
（照片提供　沈晓明）

参加'88秋季民
俗文化博览会的嘉定
徐行丝竹队
（照片提供　沈晓明）

1988年12月7日，
南翔砖塔修复工程举行竣
工仪式　（王其兴　摄影）

1988年9月，上海嘉定摄影协会成立
（照片提供嘉定区档案馆）

1988年2月4日，上海市邮电管理局、嘉定县人民政府就加快嘉定县邮电通信建设举行签协仪式
（照片提供嘉定区档案馆）

1988年6月1日，县委、县政府在县民兵训练基地举行嘉定县青少年军事营地暨国防教育学校开营开学典礼
（何根法 摄影）

1988 年 2 月, 嘉定县建成 6400 平方米清河路农副产品交易市场, 时为上海市郊之最

1. 嘉定农副产品交易中心落成典礼

（照片提供 工商嘉定分局）

2. 室内交易市场

（陈启宇 摄影）

1988 年, 安亭镇实事项目——安亭农贸市场建成

（照片提供 安亭镇）

1988年，嘉定种植业熟制改革（即三熟制改为两熟制）已近四年，这一年，戬浜乡单季晚稻大丰收（刊于1988年11月5日《解放日报》一版，摄影郭天中）

1988年，安亭镇老街小商品销售摊点一角

（照片提供　安亭镇）

1988年，安亭镇饲料合作社实行产销一条龙服务，支持农副业生产　（照片提供　安亭镇）

20世纪80年代，电话人工转接台　（陈启宇　摄影）

11. 1989年

1月7日,嘉定县政府召开工业会议,部署和研究1989年工业抓调整、上水平、求效益、渡难关等问题。

2月16日,嘉定县工商局向改革开放后首批建立的29家私营企业颁发营业执照。

3月3日,中外合资上海太平国际货柜有限公司举行签约仪式。该公司由上海嘉定集装箱厂、上海新加坡太平船务有限公司、美国亚康公司合建,总投资900万美元,中方占40%,外方占60%。

3月9日,县委、县政府对在深化改革中如何支持、保护厂长(经理)的问题作出若干规定。

5月18日,北京发生的政治风波影响嘉定,上海科技大学3000余名学生去市区游行。全县工人、农民坚守岗位,积极工作,发展生产。

6月7日,受政治风波的影响,嘉定县南部的桃浦、长征、江桥等地区部分群众抢购食盐、糖以及火柴、电池、肥皂等日常生活用品,并逐步发展至北部地区。嘉定县政府成立市场供应领导小组,组织各有关部门,开辟货源,组织调运,保证供应。

6月13日,县委向县党政领导和乡镇局、部委办党员负责干部传达邓小平同志重要讲话和6月13日上海市市长朱镕基在市委扩大会议上的讲话精神,与会干部进一步明确了党和政府为制止这场政治风波所采取的一系列措施的正确性,决心抓好生产,发展经济,为进一步稳定上海、巩固安定团结的局面作出应有的贡献。

6月30日,嘉定县两年实现电话自动化的核心工程——城区2000门程控电话举行开通仪式。

10月1日,嘉定县图书馆举办嘉定县地方文献首次展览,共展出古今315名嘉定人(包括寓居)的著作,以及嘉定县出版的报刊、图书等3000余种。展览至11月底结束,参观人数达7000余人次。

10月9日,为制止工业滑坡,县委、县政府召开对策会议,要求各级干部坚定信心,振奋精神,抓住重点,奋战80天,完成全年生产目标。

10月17~20日,中国历史文献研究会在嘉定县举行嘉定文化学术研讨会。

12月4日,嘉定县举行第一次残疾人代表大会。嘉定县残疾人联合会成立。

是年,嘉定县级财政收入(4.28亿元)名列全国第一。

　　1989年5月13日，嘉定县解放四十周年。县委、县政府召开庆祝嘉定解放四十周年各界代表座谈会，晚间在嘉定影剧院举行嘉定人民庆祝嘉定解放四十周年文艺晚会

（照片提供　嘉定区档案馆）

　　1989年10月1日，日本八尾市市长率团前来嘉定参加嘉定县庆祝中华人民共和国成立四十周年活动。图为日本八尾市市长在签写"日中友好"题词

（照片提供　许　锋）

1989年,全国村镇建设工作座谈会及试点集镇规划评议会在嘉定召开(何根法　摄影)

1989年12月,嘉定县级机关干部与黄渡乡农民一起疏浚木泾河　　　(何根法　摄影)

1989 年 9 月 28 日，列为嘉定县人民政府实事工程之一的嘉定镇清河大楼"摩士达"自鸣钟楼落成
（何根法　摄影）

1989 年，随着沪嘉高速公路通车，嘉定县人民政府与上海公交公司商议开通北嘉线高速公路直达车。图为通车仪式　　（何根法　摄影）

1989 年，嘉定清河路汽车站停车场　　　　　　　　（陈启宇　摄影）

1989 年 12 月 23 日，随着方泰邮电支局自动电话的开通，嘉定县成为全国第一个实现电话自动化的县 （何根法 摄影）

1989 年 12 月 23 日，嘉定县电话自动化工程竣工大会 （何根法 摄影）

1989 年 12 月 5～8 日，嘉定县计划委员会、对外协作办公室、乡镇工业局联合举办嘉定县首届工业产品交易会，27 个行业、千余种产品参展，成交额 1.4 亿元

（何根法 摄影）

1989年夏,昆曲大师俞振飞先生在秋霞圃摄制艺术片《西厢记》。封机后,与夫人李蔷华访问封浜乡人民政府

（何根法 摄影）

1989年1月30日,中国围棋南北九段快棋赛在嘉定举行。期间,陈祖德指导家乡少年儿童学习围棋

（陈启宇 摄影）

1989年2月17日,嘉定县市民闹元宵。图为行街队伍中的大头娃娃舞方队

（陈启宇 摄影）

1989 年 12 月 11 日,上海首届农民
电影节在嘉定影剧院开幕

（照片提供　嘉定区档案馆

何根法　摄影）

1989 年 12 月 11 日,首
届农民电影节在嘉定影剧院
举行。图为参赛影片电影演
员步入会场

（何根法　摄影）

12. 1990年

2月12日,上海市委调查组专题调查嘉定县实施"菜篮子工程"和农业投入、乡镇工业、党的建设及精神文明建设情况。3月1日和2日,市委书记朱镕基专程来嘉定听取调查汇报。3日,在全县党政干部会议上作"一要稳定,二要鼓励"的重要讲话。

2月13~17日,中共嘉定县委召开第六次代表大会。

5月11日,联合灯泡厂投资1000万元建造的1万平方米总装大楼投产,形成全厂年产1亿只灯泡的生产能力,成为全国电光源行业中生产规模最大的企业。

7月10日,嘉定县青年联合会成立。

7月15日,国家体委授予嘉定县"围棋之乡"称号。

8月31日,15号台风袭击嘉定县,至9月1日8时止,全县平均降雨量169.2毫米。黄渡、封浜、马陆、朱家桥乡遭龙卷风袭击,损失较大。全县倒塌厂房、棚舍184间,受损2071间;倒塌住房40间,受损494间,住房进水345户;死亡2人(1人压死、1人触电),重伤5人,轻伤20人;1.6万亩蔬菜受淹,1000多亩菜秧被毁,2.1万亩棉花严重倒伏。直接经济损失在800万元左右。县保险公司受理赔款150万元。

9月14日,嘉定县人大常委会首次颁发县政府各局、委、办正职领导干部任命书。

10月20~23日,嘉定县第二届工业产品交易会在迎园饭店举行,共展出产品1176只。15个省市760名客户参加洽谈,成交额达2.75亿元。

10月30日,上海嘉宝照明电器公司成立,为国内照明电器行业中规模最大的企业集团。

12月26日,嘉定县文学艺术界联合会成立。

12月31日,嘉定县提前实现"七五"农村改水规划。全县已有89.38%的村完成改水工程,饮用自来水的人口为46.46万人,占全县总人口的91.35%。

20世纪90年代初,马陆乡举行发展外向型经济恳谈会,积极吸引外资,发展乡镇经济

(照片提供 马陆镇)

上海嘉丰棉纺织厂以出口"丰鹤牌"纯棉产品闻名于世,产品远销世界120个国家和地区。图为1990年美方公司总裁向嘉丰棉纺织厂厂长赠授"质优"奖牌（刊于1990年5月2日《解放日报》五版,摄影顾力华）

1990年1月8日,上海太平国际货柜有限公司举行开业典礼。国家对外贸易部、上海市外国投资工作委员会、上海市对外经济贸易委员会的有关领导和嘉定县领导等350人出席开业典礼　　　　　（照片提供　嘉定区档案馆

何根法　摄影）

1990年9月,嘉定县消费者协会成立揭牌
（照片提供　工商嘉定分局）

1990年,嘉定县举办第二届工业产品交易会
（照片提供　陈学初）

1990年初,嘉定县完成"嘉定县县域综合发展规划"大纲的编制。图为由县委、县政府邀请市有关部门领导、专家和乡镇负责人,召开综合规划汇报会　（何根法　摄影）

1990年6月，嘉定5.4万立方米煤气柜工程举行开工典礼

（何根法　摄影）

1990年8月8日，嘉定县政府实事工程之一——嘉定污水厂扩建工程开工。工程总投资1600多万元，建成后日处理污水从1万吨增加到3万吨

（何根法　摄影）

1990 年 5 月 24 日，嘉定县实验幼儿园落成
（照片提供　嘉定区教育局）

1990 年 9 月 27 日至 10 月 4 日，嘉定县举办第二届"嘉定文化节"。参加文化节活动的群众逾 10 万人次

（照片提供　何根法）

1990 年 12 月，嘉定梅园业余京剧社成立。图为成立大会后举行的京剧票友演唱会　（何根法　摄影）

1990 年 1 月，嘉定县人民法院为各乡镇法庭装备电瓶车，做到每庭每人一辆

（照片提供　周兆骐）

1990 年 12 月，外冈乡某村欢送应征入伍的新兵到乡政府集中

（照片提供　外冈镇

龚玲英　摄影）

1990 年，安亭镇退伍军人两用人才开发培训中心成立

（照片提供　安亭镇）

13. 1991年

1月22日,历时4天的'91嘉定迎春商品展销会闭幕,成交额319.51万元。

2月,嘉定、南翔两镇与松江县的松江镇、青浦县的朱家角镇被第一批列为上海市历史文化名镇。

2月,嘉定县经国务院批准列为全国20个农村社会养老保险试点县之一。

4月12~14日,中国综合开发研究院1991年理事会年会在嘉定县召开。国务院发展中心主任、综合开发研究院理事长马洪和经济学家蒋一苇、黑龙江省省委书记孙维本、内蒙古自治区党委书记王群、国家体改委副主任高尚全、中顾委委员于光远、中国法学会名誉会长张友渔及有关方面的专家学者、企业家和社会活动家140多人出席会议。上海市副市长黄菊代表市委、市政府到会祝贺。县长王忠明在开幕式上致词欢迎。会上,马洪、黄菊为中国综合开发研究院分支机构县域经济发展研究所揭牌。

4月30日,嘉定县成立住房委员会,住房制度改革启动。

5月13日,嘉定县民政局向嘉定县首批60个社会团体颁发"社会团体登记证"。

6月22日,上海复建包装公司挂牌,成为市郊第一家城镇集体企业公司。

7月1日,上海市煤气公司营业所设立嘉定办事处,为该公司在郊县设立的第一个办事处。

9月25日,陆俨少艺术院在嘉定镇东大街举行奠基仪式。

10月1日,市郊首家立体电影院——嘉定县工人影剧场竣工开映。

10月28日,嘉定县政府实事工程——5.4万立方米煤气柜工程,经过一年四个月的艰苦努力竣工投产。

10月,安亭镇塔庙村成为全县第一个工业利润突破千万元的村。

11月18日,嘉定县第一期中青年干部培训班开学,参加培训的有来自34个乡镇、局的49名学员。培训时间为两个月。

11月28日,上海牌轿车停产,上海市有关部门决定由上海汽车工业总公司同嘉定县联营近10年的上海汽车厂并入上海大众汽车有限公司。与此同时,上海汽车工业总公司决定,将所属的上海汽车齿轮厂、上海汽车发动机厂分别同嘉定县城镇集体工业联合社、安亭镇联营。

12月4~6日,在全国第二次农村改水工作会议上,嘉定县被评为全国"七五"计划期间农村改水先进县。

是年,嘉定县国民生产总值完成24.5亿元,人均国民生产总值达4813元,在全国各县中继续名列前5位;实现工农业总产值72.14亿元、工业利润5.3亿元、外贸出口解交额9.69亿元、社会商品零售额12.2亿元、县级财政收入4.48亿元。

1991年2月6日,邓小平视察上海大众汽车有限公司

庆祝中国共产党成立 70 周年。嘉定儿童席地作画

（何根法　摄影）

1991 年，嘉定县第一次被命名为全国"双拥模范县"。图为县委领导在机场迎接载誉而归的军地领导

（照片提供嘉定区民政局）

1991年，嘉定县历史上规模最大、比赛项目最多、参演参展内容最丰富的县第五届运动会暨第三届文化节、'91菊花节，在10月、11月相继举办，并取得圆满成功

（照片提供　嘉定区档案馆

何根法　摄影）

20世纪90年代初，一批著名画家在马陆镇作诗作画
（照片提供 马陆镇）

1991年12月30日，嘉定电视转播台奠基仪式举行
（照片提供 嘉定区档案馆 何根法 摄影）

1991年2月11日，嘉定博物馆举行《古代历史》和《科举文物》陈列开幕式
（何根法 摄影）

1991年，上海汽车工业总公司同嘉定县联营近10年的上海汽车厂并入上海大众汽车有限公司。11月28日，上海汽车厂生产的上海牌轿车停产
（陈启宇 摄影）

1991年4月8日，协通针织集团公司正式成立。该集团由黄渡、方泰、马陆、戬浜4个乡6家针织企业联合组成
（何根法 摄影）

1991年2月4日，县委、县政府举行城乡联营企业工方代表迎春联谊会
（何根法 摄影）

安亭镇镇村企业
1991~1993 年承包合同
签订大会
（照片提供　安亭镇）

1991 年 9 月 28 日，
嘉定县"二五"普法讲师团
成立

（照片提供
嘉定区司法局）

1991 年 11 月 15 日，江桥长
桥引水工程竣工典礼
（照片提供　江桥镇
朱慕蓉　摄影）

1991 年 12 月
2 日,嘉定县残疾人
活动中心落成
　　（照片提供
嘉定区民政局）

1991 年,嘉定县第一
次海外人士联谊恳谈会在
深圳罗湖大酒店举行
　　（何根法　摄影）

1991 年 10 月 28 日,5.4 万立
方米煤气柜工程竣工启用
　　（陈启宇　摄影）

1991 年 6 月 24 日，外冈乡举行插秧竞赛现场会

（照片提供　外冈镇

龚玲英　摄影）

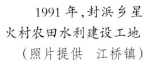

1991 年，封浜乡星火村农田水利建设工地
（照片提供　江桥镇）

1991 年 8 月 7 日，嘉定遭受特大暴雨侵袭，7939 亩农田被淹，部分仓库、工厂、民房浸水，直接经济损失约 1600 万元

（照片提供　江桥镇）

1991 年 8 月开工、1994 年竣工的占地面积 8168 平方米的上海博乐购物中心

（陈启宇　摄影）

1991 年，嘉定县方泰粮管所组织职工下乡收
粮　　　　　　（照片提供　嘉定区粮食局）

14. 1992年

5月11日,嘉定县举行第四届"疁城之春"暨'92上海艺术节分会场开幕式。

5月23日,被列为上海市重大工程建设项目的上海大众配套基础设施工程在安亭动工兴建。该工程总投资2.8亿元,其中包括:新建或改建安亭5条市政道路;扩建日供能力6万吨的自来水厂;新建日产10万立方米的煤气厂和11万伏输变电工程;扩容2000门程控电话。

6月21日,嘉定县举行首届人才交流洽谈会。

6月28日,县委组织30多个局、800多名共产党员在嘉定镇清河路设摊开展为民服务活动。

7月24日,沪郊首家农办科研所——上海马陆葡萄研究所成立。

8月19日,国务委员兼外交部部长钱其琛回故乡嘉定参观访问。

9月12日,国家重点科研项目全国第一个光纤CATV网络在嘉定县开通。嘉定镇梅园、小囡桥居委的5000户居民通过闭路电视网可清晰地收看10个频道的电视节目。

10月3日,嘉定县政府与上海市邮电管理局签订加快嘉定县邮电通信建设协议。

10月31日,'92嘉定菊花节开幕,至11月30日结束。期间赏菊观灯游客达20多万人次,商品销售总额200万元。

12月29日,上海市人民政府批准马陆、黄渡两乡撤乡建镇,实行镇管村体制。

嘉定撤县建区。国务院于10月11日下发国函147号文,同意上海市人民政府的请示(沪府〔1992〕30号文),撤销嘉定县,设立嘉定区,以原嘉定县的行政区域为嘉定区的行政区域,区人民政府驻嘉定镇。

嘉定工业开发区启动。该开发区总面积8.4平方公里,规划建高科技工业区、工业区、仓储区和生活居住区4个小区。中共上海市委书记吴邦国在7月2日为开发区题写区名。

嘉宝实业股份有限公司向社会公开发行股票2500万元。其中向社会法人公开发行1500万元,向社会个人公开发行1000万元(包括公司职工认购200万元)。每股面值10元,发行价格50元。7月上旬正式向社会公开发行,实际认购金额为1.25亿元。12月2日开始在上海证券交易所上市交易。

总投资1亿元的墅沟引水拓浚河道一、二期工程基本完成。

上海市人民政府 (请示)

沪府〔1992〕30 号　签发人：黄菊

上海市人民政府关于撤销嘉定县
设立嘉定区的请示

国务院：

　　我市嘉定县地处市中心区西北部，面积四百五十七点零八平方公里，人口四十八万一千人，是我市郊区科学文化发达、经济繁荣的地区之一。该县嘉定镇集中了一批中国科学院研究所和上海科技大学等科研机构和高校，安亭镇是初具规模的汽车城。近年来，随着这些卫星城镇的迅速发展，大量的工业、人口向县内其他地区扩散、疏解，全县已形成既有城市、又有农村的新格局，迫切需要建立一个兼具城市和农村两种管理功能的新区体制与之相适应。

— 1 —

中华人民共和国国务院

国函〔1992〕147 号

国务院关于上海市撤销
嘉定县设立嘉定区的批复

上海市人民政府：

　　你市《关于撤销嘉定县设立嘉定区的请示》（沪府〔1992〕30 号）收悉。同意撤销嘉定县，设立嘉定区，以原嘉定县的行政区域为嘉定区的行政区域，区人民政府驻嘉定镇。

一九九二年十月十一日

　　1992 年 10 月 11 日，国务院批复市政府同意撤销嘉定县，设立嘉定区，以原嘉定县的行政区域为嘉定区的行政区域，区人民政府驻嘉定镇　　　　　　（资料提供　嘉定区档案馆）

　　1992 年 7 月，上海市人民政府决定将嘉定县长征、桃浦两乡划归普陀区。9 月 28 日，嘉定县人民政府与普陀区人民政府举行行政区划调整交接仪式

1992 年 5 月 10 日,上海市第三届农民运动会在嘉定举行 　　　　（何根法　摄影）

1992 年 12 月 29 日,嘉定县举行公安干警首次授衔仪式

（照片提供　公安嘉定分局）

1992 年 12 月 28 日, 总投资 1.5 亿元,占地 1.33 公顷, 建筑面积近 5 万平方米的嘉定商厦举行奠基仪式。嘉定商厦于 1995 年建成

（照片提供 嘉定区档案馆）

1992 年 10 月 15 日,嘉定县与日本国和气町举行友好合作协议书签订仪式

（何根法 摄影）

1992 年 10 月 31 日,嘉定工业开发区举行新闻发布会暨开发总公司成立大会

（何根法 摄影）

1992 年 5 月 8 日,嘉宝照明电气公司改制为上海嘉宝实业股份有限公司,时为全国首家实行股份制的乡镇企业

（何根法 摄影）

1992 年 8 月 23 日，嘉华山庄举行开工奠基仪式 （陈启宇 摄影）

1992 年 9 月 12 日，嘉定光纤 CATV 网络开通仪式在迎园饭店举行 （何根法 摄影）

1992 年 4 月 30 日，嘉宝公司所属申华灯泡厂举行点火仪式 （何根法 摄影）

1992 年 11 月 12 日，封浜乡敬老院奠基
（照片提供　江桥镇）

1992 年 1 月 30 日，总投资 60 多万元的全国第一个电话电视双向图像通信系统在封浜乡火线村建成。2 月 1 日，《人民日报》刊载题为《上海嘉定电话电视村》的消息，称火线村为全国第一个开通双向图像通信系统的村

（照片提供　嘉定区档案馆
何根法　摄影）

1992年3月16日,嘉定工业开发区内叶城路开工兴建　　　　　　　　（何根法　摄影）

1992年底,我国计划经济时期发行多年的各种票证停止发放。宣告"票证时代"结束

（照片提供　张　林）

　　嘉定南北水上大通道——横沥。它南自吴淞江古道（今虬江）纳吴淞江水，汇合上槎浦，经南翔、马陆，经城中汇龙潭、练祁河向北过娄塘，流入浏河。1950年至1980年分段疏浚7次，1992年北段因嘉定"引水工程"而拓浚，逐成现状。图为马陆乡农用物资拖船行进在横沥上　　（照片提供　马陆镇）

　　1992年5月24日傍晚，上海外贸包装公司马陆仓库因碘钨灯引燃雨布酿成特大火灾，上海市消防局调动45辆消防车前往灭火。经一周的连续奋战才完全扑灭。火灾造成直接经济损失808万元　　（照片提供　嘉定区档案馆）

　　1992年12月，嘉定县实现自来水化。图为埋设农村输水管

三、专题叙事

1.平反冤假错案

1978年12月,中共中央批转中共最高人民法院党组《关于抓紧复查纠正冤假错案认真落实党的政策的请示报告》。此后,平反冤假错案的工作全面展开。1984年,县委成立复查组,对"文化大革命"期间形成的8999起案件进行复查,撤销原结论的7028件,改变结论的439件,维持原结论的1532件。撤销敌我性质案件383件,撤销刑事处分和减轻刑事处分的44件。复查社教运动中的政治案件887起,历史老案962件,平反、纠正801件;对1959年反右倾运动中受错误处理的62名干部,在原来甄别的基础上予以彻底平反。

2.整党和核查"三种人"

1983年10月,中国共产党第十二次全国代表大会决定,从1983年下半年开始,用三年时间对党的作风和组织进行一次全面整顿。1984年,县委根据《中共中央关于整党的决定》及上级有关指示,于1984年9月至1986年12月进行整党。全县51个基层党委(组)、28个党总支、1280个党支部的2.48万名党员参加分期分批的整党。整党期间,组织党员学习《党员必读》、《十一届三中全会以来重要文献简编》等文件,进行彻底否定"文化大革命"的教育和党的宗旨、党的基本知识教育。经过整党,99.37%的党员予以登记,对不合格和基本不合格的227名党员作了组织处理。通过整党,加强了全县各级党的领导班子建设,促进了党风的好转,纯洁了党的组织。

1984年,根据中共中央《关于清理领导班子中"三种人"问题的通知》和《中共中央关于清理"三种人"若干问题的补充通知》精神,县委开展了对"三种人"的核查工作。在县委统一部署下,成立清理核查工作领导小组,配备核查工作人员,在各级领导班子、要害部门和第三梯队中查清"三种人"。清理核查工作查清嘉定县在"文化大革命"期间发生的6件大事、18起大案和545起非正常死亡案件,查清相关责任人364名。经核定,被定为"三种人"的33人,犯有严重错误的83人。

3.联产承包责任制

1979年2月,县委、县政府制定《关于试行农副产品生产包干、超售奖励合同制的意见》,全面推广北管、皇庆的经验。于是,嘉定全县各社队饲养场在1979年普遍实行"三定或五定一奖"联产承包责任制,37个生产队实行全部作物"包干到组、定额计酬、超产奖励"责任制。从此,联产承包从基层自发走向政府组织倡导,饲养业的"三定一奖"联产责任制,种植业的联产、联本、联值,以产计酬责任制先后推行。到1983年10月,全县16个粮棉公社,实行包干到户责任制的有2100个生产队,占总队数的96.6%。土地家庭承包经营后,使集体经济的优越性与农民个人的积极性都得到充分的发挥,为农村劳动力向以乡镇企业为主的二、三产业转移和农业生产结构的调整创造了条件。

4. 粮食生产专业户

实行家庭联产承包责任制后,随着农村二、三产业的迅速发展,农业劳动力大批转向非农产业,农户的经济收入由以农业为主转而以二、三产业为主,农业逐渐演变为农户家庭的"副业",少数兼业农户无暇对农田精心管理,在此情况下,粮食生产专业户便应运而生。1983年秋,全县有29家农户分别承包左邻右舍中因主要劳动力外出务工等原因而无力耕种的责任田共54.7公顷,成为嘉定县第一批粮食生产专业承包户。到1991年,全县有种粮专业户1577户,承包粮田面积2784.1公顷。

5. 新陆禽蛋生产合作社

1984年4月,在养鸡专业户陆荣根倡议下,上海郊区第一个养鸡联合体——新陆禽蛋生产合作社在黄渡乡成立,合作社由40户专业和兼业的养鸡户组成。

新陆禽蛋合作社实行"分户生产,自负盈亏;联合供销,为户服务"的经营方针。社员家庭以饲养种鸡为主,兼养肉鸡。合作社按社员家庭生产的需求提供苗鸡、加工饲料、供应药物、推销产品、防疫治病、筹集社员互助保险金等服务业务。1987年,合作社户均饲养种鸡358羽,上市肉鸡2836羽;户均养鸡净收入1.21万元。同年,合作社供应和外销苗鸡185万羽,加工供应饲料6000吨,禽药供应价值34万元,净收入94万元。

6. 农业社会化服务体系

实行家庭联产承包制后,农活由集体组织安排转为以家庭作业为主,但有些农活必须依靠集体组织来解决,在各级政府的组织指导下,各类社会化农业服务组织开始产生,并逐步形成以县为中枢,乡镇为纽带,村为基础,户为补充的产前、产中、产后服务网络。20世纪80年代,农业服务体系以村为主体逐步建立,服务内容主要有机耕、机收、开沟、灌溉、病虫防治、良种供应、技术指导、农产品购销等。1987年,全县有村级植保、水利、农机服务队639个,人员5447人,另有19个乡镇种子场和肥料场。

1991年4月,嘉定县政府下发《关于加强村农业服务队建设的意见》,提出坚持从实际出发,提高服务质量,稳定人员队伍,实行有偿服务,加强领导,评比先进等要求,农业服务组织得到进一步的发展。1992年,全县有各类农业服务组织1138个,人员8382人。服务领域遍及农林牧副渔各业,其中从事种子、种畜、种苗以及科技信息等项产前服务的组织182个,人员1465人,分别占总数的16%、17.5%;从事农机、排灌、技术、物资供应、运输、气象等项产中服务的组织930个,人员6692人,分别占总数的81.7%、79.8%;从事农副产品购销等产后服务的组织26个,人员225人,分别占总数的2.3%、2.7%。

7. 安亭合作农场

合作农场是在农业联产承包责任制的基础上,由家庭承包户自愿联合组成。它实行"双层经营,户为基础"的体制,既发挥集体的优越性,又调动农民的积极性。优势互补,较好地克服了家庭承包的不足。1987年10月,安亭镇在塘庄、林家两村联合44家农户创建上海郊县第一个镇级农场——安亭合作农场,原镇农业公司副经理施正强任场长。时有集体耕地67公顷,以及电力灌溉站2座、拖拉机3台、收割机5台、播种机3台。合作农场实行双层经营,由农场统一制定生产计划,统一提供农机服务,统一供应种子,统一技术指导,统一交售粮食,农场场员负责日常田间管理;农场按每亩粮田包干给场员农本150元,劳动报酬105元,农忙帮工费50元,场员向农场包干上交每亩稻谷400公斤,小麦200公斤。建场后第一年,平均小麦亩产284.5公斤,水稻亩产506.5公斤,常年亩产791公斤,比全镇平均亩产增长16%。场员年户均收入4216元,农场盈利10万元。

8. 人民公社体制改革

1982年4月,第五届全国人民代表大会常务委员会第十三次会议公布的《中华人民共和国宪法修改草案》,明确提出设立乡政权的问题,根据宪法修改草案的有关内容和要求,全国各地开展政社分开、建立乡政府的试点工作。1982年4月,中共上海市委、市人民政府在嘉定曹王人民公社进行政社分设、建立乡人民政府的试点,至7月,政社分设工作结束。1983年4月,曹王乡人民政府成立,为市郊第一个建立的乡政府。随后,嘉定其余18个人民公社(镇)相继建立乡(镇)人民政府,原生产大队改为行政村,建立村民委员会,生产队建立村民小组。

政社分设改变了人民公社政社合一的体制。1987年3月,嘉定的人民公社建制撤销。

9. 河蚌育珠

嘉定河蚌育珠始于1967年,1975年蚌珠年产量达673公斤。1978年,国内外市场销售不畅,全县珍珠产量降至298.27公斤。1979年,珍珠开始畅销,珠价调高,河蚌育珠发展迅速,1981年,全县育珠单位发展到822个,育珠人员936人,交售珍珠974.2公斤。1987年,全县珍珠产量达2039公斤(产值250万元),占全市蚌珠产量的78%。1985年前后,境内东部、南部水质恶化,育珠遂向北部、西部水域发展,并推广鱼塘鱼蚌混养。1989年,全县养殖面积170公顷,产珠4971公斤,占全市蚌珠产量的87%。1990年,境内养殖面积670公顷,并向江浙等省租赁优质水面养殖,共产珠5036公斤。

10. 长毛兔饲养

1978年前,嘉定县农村有少量英系、法系"盎古拉毛兔"饲养。1978～1980年,上海市畜产进出口公司引进联邦德国良种毛兔,在唐行人民公社建立种兔繁殖场,唐行、娄塘、嘉西等公社的兔场遂成为良种繁育基地。1979年,全县毛兔饲养量8万只,产兔毛9吨。1984～1986年,浙江省一些毛纺厂为完成兔毛产品定货合同,派大批人员到嘉定农村收购兔毛,价格成倍提高,每斤高达百元上下。种兔价格随之提高,一对幼种兔价格从20多元提高到近百元,一只优良公兔高达千元。1985年,全县圈存毛兔98.3万只,产兔毛269吨。1986年超过百万只,产兔毛366吨。之后,国际市场兔毛销售不畅,价格下降,种兔滞销,饲养量锐减。1992年,全县圈存毛兔17.5万只,产兔毛97吨。

11. 工商企业经营管理体制改革

1978年后,县委、县政府为振兴农村经济,决定加快社队工业的发展步伐。1979年10月,嘉定县社队工业局(1984年易名乡镇工业局)成立,各公社也相继建立工业公司。

1979年,社队工业始行责、权、利相结合的各种形式的经营承包责任制,以打破长期形成的职工吃企业"大锅饭"、企业吃集体"大锅饭"的平均主义。社队企业多种形式的经营责任制,促进了社队企业的管理和发展。1984年以后,县委总结农村联产承包责任制的成功经验,连续制定和下发4个文件,要求县属工商企业借鉴社队企业的经验,推行企业经营责任制,扩大企业自主权,改革企业内部管理制度。县属工商企业先后推行厂长负责制、任期目标制、试行干部招聘制、职工合同制等,使企业经营管理体制改革逐步推向深入。

12. 全县工业大发展

从1978年到1992年,嘉定的工业得到前所未有的大发展。

1978年起,社队工业异军突起,并形成各具特色的地区性工业:南部桃浦人民公社依托市属化工区大力发展化学工业;西部安亭镇依托大众、上海两家汽车厂,大力发展汽车装配修理业;北部望新公社利用污染少、水质好的有利条件,大力发展医药、食品工业;东部徐行、华亭、戬浜公社利用原有基础,大力发展机械加工业和照明器具制造业;中部嘉西人民公社依托邻近的嘉丰棉纺织厂等市属企业的技术装备优势,大力发展纺织工业。

进入80年代后,联营企业成为乡镇企业发展主流。至1987年,全县兴办多种形式的联营企业202家,产值占全县工业总产值的1/3。部分乡镇还依托嘉定卫星城的科学技术优势,先后组建科研生产联合体企业,开发了一批高技术、高效益的产品。

至1987年底,全县有30多个工业行业,1472家工业企业,2134只工业产品。其中机械、电气、食品、纺织、化学、橡塑、文体用品等11个行业,年产值都超过1亿元,成为嘉定县工业骨干行业。工业产品在国际上荣获金质奖、银质奖的有2个,被评为国家部级优质产品和上海市优质产品、名牌产品的有20个,被评为市局级优良产品的有92个。其中灯头、灯泡、味精、大头针、回形针等产品是嘉定工业的重点产品。

1992年,全县工业总产值从1978年的5亿元增加到1992年的86.35亿元,工业利润总额从1978年的8844万元增加到1992年的8.23亿元,工业增加值从1978年的1.34亿元增加到1992年的20.46亿元。

13. 外商投资企业

1984年10月,嘉定第一家合资企业——上海联华合纤有限公司成立。此后,中外合资、中外合作、外商独资等企业在嘉定纷纷建立,形成了嘉定经济发展新的增长点。至1991年末,全县建立了48家外商投资企业,总投资8000万美元,协议吸收外资4200万美元;投资的范围涉及汽车零部件、机械、电子、包装、化工、服装和旅游服务等;资金来自日本、新加坡及中国香港、台湾等国家和地区。

1992年4月,县政府撤销对外经济贸易办公室,建立对外经济委员会,负责外商投资企业的审批,协调全县外经工作。是年,嘉定批准建立外商投资项目200个,总投资2.9亿美元,协议引进外资1.73亿美元。3项指标比前12年总和分别增长2.3倍、1.7倍和2.4倍。全区的外向型经济初步形成"引进外资—扩大生产—促进外贸"的良性循环发展模式。

14. 私营企业

1988年6月,国务院发布《中华人民共和国私营企业暂行条例》,是年,马陆乡樊豪良创办上海凌丽服装厂,为改革开放后嘉定首家注册创办的私营企业。随后,私营企业在嘉定逐步发展,同年末,全县注册登记的私营企业有28家。1993年末累计为551家,注册资本1.01亿元,工业产值5436万元,纳税总额667.2万元。

15. 民营科技企业

1984年,由中国科学院上海光学精密机械研究所、上海科技大学等科研单位和高校的13名科技人员创办嘉定嘉城机电技术服务社,为全县第一家民营科技企业。1988年起,民营科技企业逐步发展,至1992年有34家,专业人员414人,注册资本790万元,年收入1000万元。1998年,全区共有民营科技企业1040家,年收入12亿元。

16. 教育体制改革

1978年7月,嘉定撤销各公社(镇)教卫组,恢复"文化大革命"前对中、小学的领导体制,重新任命中学和中心小学校长。1979年11月,县教卫组文化、教育机构分设,恢复教育局。1985年5月,《中共中央关于教育体制改革的决定》颁布,县、乡两级开始实施分级管理体制改革,各乡镇人民政府成立教育经费管理委员会,负责管理国家下拨教育事业经费和向乡(镇)、村两级企业当年利润中征收3%教育事业费附加,分配给所属各中小学使用。1986年5月,县委、县政府联合颁发《关于教育工作分级管理职责分工的暂行规定》,各乡镇相继建立教育委员会,以"分级管理"替代"垂直领导",扩大乡镇在教育管理上的自主权。1987年8月,嘉定县教育委员会成立,其成员由县教育局、计委、人事局、劳动局、工业局、乡镇工业局、供销合作联社、农业局以及工、青、妇等群众团体组成。全县教育事业由教育行政部门一家独管改为由各部门共同参与决策、共同承担责任。

17. 课外学校

1987年5月,上海市少年儿童浏河活动营地创办。浏河活动营地位于浏河岛风景区内,占地1.47公顷,营房1000平方米。活动方式有一日营、三日营、星期营、夏令营、冬令营及家庭营等,内容有文艺、体育、科技、游艺等项。入营的少年儿童每年万余人次。

嘉定县青少年学生课外学校创办于1987年,原为嘉定镇青少年学生课外学校,1989年改为嘉定县青少年学生课外学校。学校以"培养志趣,发展个性,抓尖促面"为宗旨,设学科兴趣、科技、文学、艺术、体育五部。课外学校借用嘉定镇小学校设施,每年开办科目30个左右,学生约1500人。星期三为中学生课外活动日,星期四为小学生活动日。学校还编印《课外天地》小报,发表学生作品。

1988年,嘉定县青少年学生劳动教育基地创办于唐行乡双塘村,占地19公顷,辟有粮棉菜果栽培、畜牧饲养、水产养殖等实习园地。1988～1992年,包括少量市区学生在内,共有5760名高中生、1500余名初中生先后在基地参加为期一周的劳动实践。嗣后,常年接待安排区内学生进行劳动实践。

18. 嘉定地方志编纂

新《嘉定县志》的编撰于1981年启动,1988年完成初稿,1992年12月由上海人民出版社出版。全志167.5万字,印数10200册。1993年9月获全国新编地方志优秀成果二等奖,1998年4月获上海新编地方志优秀成果一等奖。

《嘉定年鉴》于1991年始编,《嘉定年鉴(1988～1990)》为首卷,以后每年出版一卷。其中1992年卷获首届全国地方年鉴县市级二等奖。

19. 嘉定元宵灯会

1984年2月16日,在嘉定城厢镇举办"上海市农村暨嘉定县元宵灯会"。灯会由上海市文化局和嘉定县政府主办,共有118支民间文艺表演和彩车队伍近3000人参与行街表演。来自嘉定城乡、上海市区及宝山、太仓等地的20万观众和600余名外宾观看表演。

20. 菊花联展和菊花节

嘉定菊花联展共举办4届,每届25天左右。分别为:1987年由秋霞圃主办的"秋霞菊花联展"、1988年由汇龙潭公园与上海大众汽车有限公司主办的"上海大众菊花联展"、1989年由汇龙潭公园与上海外冈领带厂主办的"上海熊猫菊花联展"和1990年由汇龙潭公园与上海通信电缆厂主办的"上海通信电缆菊花联展"。1991年起改称嘉定菊花节暨菊灯联展,由县政府主办。至1994年共举办3届,每届1个月左右。分别为:1991年的"嘉定菊花节暨上海牌轿车菊灯联展"、1992年的"嘉定菊花节暨上海嘉定菊灯联展"和1994年的"嘉定菊花节暨上海太平菊灯联展"。

21. 上海民俗文化博览会

1988年4月,嘉定县政府决定在秋霞圃成立以搜集和研究上海地区传统文化艺术为宗旨的上海民俗文化博览中心。是年11月5日至12日,上海民俗文化博览中心等7个单位联合举办上海民俗文化博览会。博览会由"上海风土习俗写真"、"上海民间文化艺术精品总汇"2个陈列展和18个表演项目组成,融展、销、演、尝、游于一体,中外观众逾3万。

22. 嘉定体育场馆

嘉定体育馆位于梅园路315号,1992年3月建成,总投资750万元,建筑面积3549平方米,该馆整体造型为长六角形,内场长44.5米、宽39.5米,中央净高12.5米,边区净高10.5米。场内灯光、电子计分、音响、空调等设施齐全。底层东西两端设有活动座位,加上第二层的固定座位,可容纳观众1500人。

嘉定围棋馆位于梅园路315号,1992年落成,总投资112万元,建筑面积786平方米。围棋馆为两层楼设计,底楼为比赛大厅,二楼为比赛及办公用房。馆名由中国围棋协会会长陈祖德题写。

嘉定体育中心体育场位于新成路118号,1994年11月开工,1997年9月竣工, 总投资6000余万元。体育场占地5.7公顷,建筑面积15462平方米,整体造型为环状结构,其中东西看台9002平方米,南北环形建筑用房6460平方米,可容纳1.5万名观众。东西看台分三层:西看台下二层为工作用房,设有运动员休息室、贵宾室、新闻记者接待室;东看台下二层为训练、健身用房,设有室内跑道、射击房、乒乓房、保龄球房等。

23. 公共交通建设

1978年,上海市公交公司在嘉定西门外沪宜公路旁设立嘉定中心车站,始发北嘉线、嘉安线公交车辆,其余各线均在城中小囡桥堍露天车站发车。1980年4月,位于清河路的新车站交付使用,各线公交车辆均迁入新站发车。至1987年底,全县共有公交线16条,全长263.86公里,其中6条为县运输公司开辟后移交市公交公司经营。

1990～1992年,先后开辟"嘉牛线"、"嘉罗区间线"、"嘉青线"。至1994年,全区先后开通嘉定至成都北路的"沪嘉线"、嘉定至静安寺的"沪钱线"、嘉定至新客站的"新嘉线"、嘉定至浏岛的"嘉唐华支线"。全县公交线增至23条,投入营运客车48辆,行驶总里程471.07公里。

24. 区域性出租汽车

1984年9月,嘉定农工商联合企业组建嘉定汽车出租公司,有上海牌轿车5辆,成为全县第一家拥有营运小轿车的出租汽车企业。后又有嘉定出租汽车公司、嘉城汽车服务合作公司、施乐汽车出租公司、嘉定汽车运输公司、嘉定凤城汽车服务部、春秋旅游社嘉定分社、江桥出租汽车公司、万福出租汽车公司、瑞开汽车服务公司、协通出租汽车有限公司等10家区(县)办汽车客运企业。其中嘉定汽车运输公司是最大的区办客运企业,有营运小轿车20辆。进入21世纪,出租车发展加快,2001年4月,嘉定大众出租汽车有限公司、嘉定锦江汽车服务有限公司、嘉定江桥出租汽车有限公司3家区域性出租汽车公司成立。至年末,投入区域性出租汽车桑塔纳99新秀605辆,其中嘉定大众296辆,嘉定锦江244辆,嘉定江桥65辆。

25. 电话通信

1978年,嘉定全县拥有固定电话用户1266户,设951XXX和952XXX电话号码,1986年增设电话号码954XXX。1987年,全县有固定电话用户6658户,其中市话2597户、农话4061户;话机1.24万部,其中市话5660部、农话6698部。

1988~1991年,嘉定每年发展电话用户1000~2000余户。1991年9月,封浜乡封浜村建成全县第一个电话村,成为全县户均安装电话最多的村。1992年,嘉定发展电话用户近5000户,用户总数达1.95万户,同年1月,封浜乡火线村建成全国第一个电话电视双向图像通信系统。该系统有5个频道,具有举办电视会议,开通可视电话,直播村内电视新闻,转播电视节目,播放录像等功能。1992年末,全县有封浜村、火线村、徐行村、塔庙村等10个电话村。

26. 民用燃气

1964年8月,上海市煤气公司开始对嘉定城厢镇的部市属单位供应管道煤气。1966年,城厢镇的1300户居民使用煤气。1986年,市煤气公司与嘉定县政府共同投资铺设嘉罗公路煤气管,1990年建造5.4万立方米嘉定煤气柜,沿途增设压力室26只、中压水井83只、低压水井204只。1987年,全县居民煤气用户1.28万户,年用气量752万立方米。1992年,全县居民煤气用户2.15万户,年用气量1057万立方米。

27. 精神文明建设活动

全民文明礼貌月活动。1981年3月,嘉定县响应全国总工会、共青团中央等9个团体的倡议,投入"五讲四美"文明礼貌活动。1982年,全县开展全国第一个全民文明礼貌月活动。

"五讲四美三热爱"活动。1983年,"五讲四美"活动发展为"五讲四美三热爱"(三热爱即热爱祖国、热爱社会主义、热爱共产党)活动,同时开展争创文明单位活动。1985年初,开展第一届(1984年度)市、县级文明单位的评选,自第四届起改一年一评为两年一评。

争创"文明集镇"活动。1991年,县委六届六次全会作出《关于1992年加强精神文明建设活动的意见》,要求各乡镇开展争创"文明集镇"活动,企事业单位开展争创"文明班组"活动,全县开展"文明市民"教育,并广泛宣传"嘉定精神"(团结一致、艰苦奋斗、争创一流)和"嘉定风格"(顾全大局、各方配合、友好合作)。

文明单位创建活动。1985~1992年,市、县共进行6届文明单位的评选活动,全县先后评出市文明单位23个,市农口系统文明单位21个,县文明单位396个。1989~1992年,评出市精神文明百件好事14件,县精神文明好事、县十佳好事、县最佳好事80件。

1993年起,全县形成以"创建文明城镇为龙头、创建文明单位为重点,创建文明班组和新风户,争做文明市民为基础"的系列活动。

28. 改革开放十五年嘉定建设成果

1978~1992年的15年中,经济建设飞速发展,经济实力显著增强。1978年,嘉定县社会总产值6.8亿元,到1992年,全县社会总产值增加到102亿元,15年增加了14.03倍。1992年,全县国民生产总值30.5亿元,比1978年增7.8倍;人均国民生产总值6006元,比1978年增7.4倍;县级财政收入3.69亿元,比1978年增3.2倍。

工业生产实力增强,朝集约化、规模化方向发展。1978年全县工业企业数671家,年末职工6.2万人,固定资产原值1.64亿元。1992年,全县工业企业发展到2035家,职工逾20万人;工业总产值(1990年不变价)达86亿元,按可比口径计算,比1978年净增16.27倍;工业利润8.2亿元,比1978年增长8.31倍。农业全面实行联产承包责任制,并努力推进农业的综合开发,逐步向优质、高效、创汇方向发展。农牧业结构不断优化,产量连年增加。1992年全县农业总产值为7亿元,比1978年增长72.2%。商业市场日益繁荣。1992年,全县社会商品零售额达15.3亿元,比1978年增长6.89倍。1992年集市贸易成交额1.49亿元,比1978年增50.09倍。建筑、运输和邮电通信迅速发展。1992年,全县建筑业、运输业、邮电业总产值达5.22亿元,比1978年增长5.1倍。全县外贸解交额15.56亿元,比1978年增长39.7倍。

29. 改革开放十五年嘉定城乡居民生活

1992年,全县农民人均纯收入1755元,比1978年的263元增5.67倍,年均递增14.5%,城镇居民人均收入3772元,比1978年的343元增9.99倍,年均递增18.7%。1992年末,全县农民绝大部分住上了新盖的楼房,户均住房面积达176.4平方米;城镇居民户均面积36.8平方米;城乡居民平均每户居住面积达123.9平方米,和1978年相比,增72.2%。电视机、收录机、自行车、缝纫机"老四大件"普及城乡每个家庭,冰箱、洗衣机、录像机、电话机等"新四大件"逐年增多,摄像机、空调和高级音响亦进入寻常百姓家。城乡居民户均家庭固定财产超万元。1992年末,全县城乡居民在各专业银行和邮政储汇局储蓄余额达15.4亿元,人均储蓄为3034元,比1978年分别增长了115.4倍和111.4倍,年均分别递增40.5%和40.1%。由于各种物质生活条件和卫生医疗保健条件的改善以及群众性体育活动的广泛开展,人民群众的身体素质明显增强,1992年全县人民平均期望寿命由1978年的71.0岁增至73.8岁。

第六章　改革开放新时期(下)
(1993～2009)

一、概　述

1993年,嘉定撤县建区,嘉定历史进入了新的一页。

嘉定区的建设事业在新的历史机遇下进行了新的探索。1992年2月,邓小平的南方谈话作为中央二号文件下发,邓小平指出:改革开放的胆子要大一些,敢于试验,看准了的,就大胆地试,大胆地闯。要抓住时机,发展自己,关键是发展经济,"发展才是硬道理"。同年10月,党的十四大作出三项决策:一是抓住机遇,加快发展;二是明确我国经济体制改革的目标是建立社会主义市场经济;三是确立邓小平建设有中国特色社会主义理论在全党的指导地位。这次大会和年初邓小平南方谈话,成为中国社会主义改革开放和现代化建设进入新阶段的标志。

在新阶段、新机遇面前,嘉定人民确定了改革和发展的新目标。1993年2月,中共嘉定区第一次代表大会召开,第一届区委向全区人民发出"抓住撤县建区的历史机遇,把嘉定建设成为产业结构合理,科学技术先进,区域经济发达,精神生活充实,民主法制健全,服务功能配套,城乡环境优美的全国最文明富庶的地区之一"的号召。在邓小平南方谈话和党的十四大精神鼓舞下,嘉定人民在统筹城乡一体化发展进程中,全力以赴地进行了调整优化产业结构、深化经济体制改革、加快经济发展和城市建设、开展精神文明建设的新探索。经过全区人民的不懈努力,90年代的嘉定各项事业取得了跨越式的发展。经济体制改革实现新的突破,三次产业结构调整优化,工业经济总量连续多年位居上海市郊前列,第三产业在国民经济中的比重不断提升,科教文卫等基础设施建设日新月异,城镇面貌发生巨大变化,市民素质、城镇文明程度迅速提升,人民生活水平大幅提高。到2000年,全区实现增加值170.5亿元,人均增加值3.55万元。实现地方财政收入13.3亿元,综合经济实力继续位居市郊前列。实事工程进展顺利,城镇居民人均生活费收入13859元,农民家庭人均纯收入6730元。这一时期,是嘉定解放以后综合实力提高最快、城镇面貌变化最大的一个时期,也是人民生活明显改善的一个时期。嘉定已经初步展现出经济发展迅速、基础设施完善、科教文卫配套、居住环境优雅、住宅布局合理的、上海西北辅城的城市形象。

进入21世纪,嘉定又进入一个全新的发展时期。

2001年,上海市政府规划在嘉定区建设集汽车制造、研发、贸易、博览、运动、旅游等综合功能于一体的上海国际汽车城,作为与浦东微电子、宝山精品钢、金山石化等产业并列的四大产业基地之一。面对新的历史机遇,2003年7月,中共嘉定区委三届二次全会通过了《嘉定区发展战略规划纲要》和《嘉定区2003~2005年经济和社会发展三年行动计划纲要》,确立"四大板块"发展布局,提出建设一个多功能、有特色、辐射能力强、城市功能完善、与市中心城区产生同城效应的组合型现代化新城和长三角关键节点城市的新目标。在党的十六大、十七大精神指引下,嘉定人民牢牢把握上海国际汽车城建设规划和F1中国大奖赛举办等历史机遇,全方位深化改革,大规模调整经济结构、倾全力加快城市建设,上海国际汽车城建设成为嘉定新一轮发展的热点和亮点。

2005年7月,市委、市政府率先对3个区县进行功能定位,要求嘉定"立足长江三角洲,依托全市综合优势,着力探索新型产业化和新型城镇化道路,把嘉定建成汽车制造业与现代服务业相融合的综合性国际汽车城,成为文化特色鲜明、社会和谐发展、具有综合实力和较强辐射能力的组合型现代化新城。"

在新形势、新目标面前,嘉定人民紧紧抓住嘉定新城建设的重大战略机遇,深入贯彻落实科学发展观,以加快发展为主题,以完善城市功能为主线,全面投入到新的建设之中。在经济建设上,坚持把资源节约和环境保护作为全面落实科学发展观的重要抓手和突破口,走全面、协调和可持续发展之路。在城市建设上,全力推进"四大板块"(西部上海国际汽车城、中部嘉定新城、北部先进制造业基地、南部"三产"综合发展区)协调发展,着力构建以嘉定新城为核心的"1525"三级新型城镇体系(即1个新城:嘉定新城;5个新市镇:外冈、江桥、嘉定工业区、朱桥、徐行、华亭;25个中心村),聚焦重点区域、领域,积极推进上海国际汽车城、嘉定新城、轨道交通十一号线等重大项目建设。在社会建设事业上,以国民教育、终身教育、社区教育和职业教育为一体的教育服务体系和区、镇、村三级卫生服务网络不断完善;以"办特奥、迎奥运、迎世博"为契机,广泛开展精神文明创建活动,把社会主义核心价值体系作为和谐嘉定建设的根本,融入精神文明建设全过程。在此期间,嘉定人民克服了2003年的"非典"和2008年底爆发的国际金融风暴的严峻考验,坚持加快发展不动摇,以加快发展解决前进中的问题,更加坚定地走科学发展之路,取得了新的不平凡的业绩。

2008年,中国迎来改革开放30年。30年的团结奋斗,嘉定的经济社会发展、城市化建设成绩斐然:国内生产总值从1978年的3.5亿元攀升到2008年的650亿元,增长185.7倍;城镇职工人均年收入从1978年的575元增长到2008年的33553元,增长58.4倍;农村居民人均年收入从1978年的263元增长到2008年的12557元,增长47.7倍。2009年,时值中华人民共和国成立六十周年,全区的主要经济指标又有新的增长:全区实现增加值706.2亿元,可比增长11.2%。完成财政总收入232.8亿元,其中地方财政收入68亿元,同比分别增长13.2%和17%。

嘉定,已初步形成基础设施完备、工业基础扎实、科技力量雄厚、文化事业昌盛、环境舒适优雅的上海西北新城。

二、大 事 记

1. 1993年

1月7日,嘉定县举行新编《嘉定县志》首发式。

1月16日,墅沟引水二期工程竣工放水。

5月14～17日,首届东亚运动会柔道比赛在嘉定体育馆举行。

6月25日,嘉定围棋馆开馆,中国棋院院长陈祖德被聘为名誉馆长。

6月28日,储存能力为650吨的封浜液化气储灌站竣工。

7月29日,上海希望私营经济城正式招商。

8月21日,5000门程控电话开通,嘉定镇电话全面实现程控化。

12月7～9日,区委、区政府召开学习《邓小平文选》第三卷和1994年工作任务、目标研讨会。

年内12个乡先后撤乡建镇,全区全部实行镇建制。

1993年,全区工业总产值突破百亿元大关,达108亿元。

1993年5月25日,嘉定区举办第一期党政领导干部培训班

(张建华 摄影)

　　1993年2月中旬至4月上旬，嘉定区第一次党代会、区一届一次人代会和区政协一届一次会议相继召开。中共嘉定区委和纪律检查委员会，区人大常委会、区人民政府、区政协常委会及其领导成员分别选举产生，这标志着嘉定撤县建区工作顺利完成，嘉定县775年的历史至此划上句号

（陈启宇　摄影）

1993年,上海大众桑塔纳轿车实现年产10万辆目标 　　　（照片提供　陈仁群）

1993年10月25日,全国十城市第三次农村教育综合改革研讨会在嘉定召开
　　　　　　　　　　　　　　　　　（照片提供　嘉定区教育局）

1993 年 10 月 18 日,嘉定区'93 上海科技节开幕式
（吴志勋　摄影）

1993 年 5 月，嘉定举办第三届嘉定青年文化艺术节
（照片提供　嘉定区档案馆
陈启宇　摄影）

1993 年 12 月 29 日，由上海市科委和嘉定区人民政府联合创建,设在嘉定工业区内,占地 33.3 公顷的上海嘉定民营技术密集区召开信息发布会，宣告成立,开始运作
（照片提供　嘉定区科委）

1993年5月28日，嘉定液化气公司成立揭牌。6月28日，嘉定液化气公司（铁路中转）储灌站落成

（照片提供　嘉定区档案馆

陈启宇　摄影）

1992年5月动工兴建，1993年6月竣工启用的封浜1200立方米液化气储灌站

（陈启宇　摄影）

　　1993年12月,纪念毛泽东同志诞辰100周年。"毛泽东同志的革命家庭"图片展在嘉定博物馆展出。《红太阳颂》歌咏大会在嘉定体育馆举办　　　　（照片提供　嘉定区档案馆
陈启宇　摄影）

1993 年，嘉定区教育局组织师生代表参加上海郊区文学爱好者夏令营活动 　　（照片提供　姚济民）

1992 年 7 月，嘉定区第一个私营经济小区——上海希望经济城创办 　　（张建华　摄影）

1993年7月,私营业主何建兴以100万元资金买断社办企业——黄渡针织配件厂。嘉定第一家以产权有偿转让形式建立的转制私营企业——上海建兴家具有限公司在黄渡诞生

（陈启宇　摄影）

1993年12月,由上海复华实业股份有限公司全额投资,联合嘉定区建设局、戬浜镇政府共同兴办的上海复华高新技术园区签约,规划总面积3平方公里,首期征地120公顷

（陈启宇　摄影）

1993 年 5 月 14~17 日,首届东亚运动会在上海举行,嘉定承办柔道比赛

（张建华　摄影）

2. 1994年

1月28日,嘉定海关隆重举行开关典礼。

1月,嘉定镇博乐商城内的上海博乐购物中心开张营业。该中心营业面积5500平方米,为全区之最。

3月11日,由团区委、区司法局主办的嘉定区青少年事务所成立。这是继浦东新区青少年事务所之后全国第二家为青少年提供法律咨询、维护青少年健康成长的事务性机构。

3月,上海同济高新技术园区在嘉定签约。规划占地9.3公顷,首期实征土地6.67公顷。

3月,上海三联汽车线束公司经市外经贸委批准,成为嘉定区第一家产品可直接出口的内资企业。

4月,希望集团有限公司在嘉定马陆成立。这是全国首家民营企业集团。

4月,由嘉定区交通局集资1780万元兴建的沪宁铁路安亭立交桥动工。

9月6日,嘉定区举行嘉定经济发展恳谈会,《解放日报》、《文汇报》、《新民晚报》、上海电视台、上海人民广播电台、《东方城乡报》等新闻界朋友应邀参加。

9月28日,江桥真新居住区大市政配套工程拉开帷幕。该居住区规划占地104.7公顷,总建筑面积80余万平方米。

9月28日,上海市江桥批发市场竣工开业。该市场是由市财办和市农委联合兴建的国家级市场,一期工程占地10公顷,建筑面积2.4万平方米,年交易量30万吨。

9月,总面积33.3公顷的娄塘镇市级"高优高"农业示范区启动。

11月5日,嘉定区人才市场开业。该市场设在新落成的区人事局大楼内。

11月18日,上海嘉宝实业(集团)股份有限公司成立。

11月18日,京、津、沪小城镇研讨会在嘉定区召开。

11月22日,嘉定体育中心体育场开工。嘉定体育中心位于嘉戬路以北,新成路以东,规划用地13.3公顷。

11月28日,嘉定第二自来水厂一期工程开工,工程总投资2.17亿元,净水能力为10万立方米／日,取水建设规模为25万立方米／日,将新建1座60万立方米的调蓄水库。

12月1日,上海市轻纺市场在江桥镇动工兴建。该市场占地30.6公顷,一、二期工程启用4公顷,营业用房3000多个单元。

12月19日,嘉(定)浏(河)一级公路开工。嘉浏公路全长17.65公里,设计路面宽50米,总投资4亿元。

12月21日,嘉定区提前1年实现全区电话交换程控化、中继传输数字化,所有电话具备直拨国内国际功能。

是年,嘉定区市政基础设施建设呈现新面貌,完成沪宁高速公路嘉定段(12公里)沿线桥梁及土路基、宝安公路东延伸段、安亭市政路桥等工程;建成4座3.5万伏变电站和日产煤气10万立方米的安亭煤气厂。

是年,嘉定区完成国内生产总值54.6亿元、外贸产品解交额36.2亿元、协议吸收外资5.8亿美元,这3项重要经济指标均名列市郊首位。

1994年1月17日,嘉定区召开投资环境、发展规划座谈会　　（袁　航　摄影）

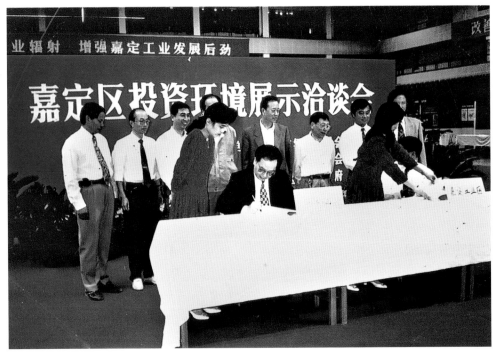

　　1994年10月6日,嘉定区举办投资环境展示洽谈会。共签订项目协议书和意向书57项,项目总投资人民币7.56亿元,美元8225万元。图为嘉定工业区和上海汽车工业总公司在洽谈会上签约　　（照片提供　嘉定区档案馆　陈启宇　摄影）

1994 年 11 月 30 日,上海沪嘉私营经济发展区暨发展中心举行成立大会

（照片提供　马陆镇

李　密　摄影）

1994 年 9 月 8 日,嘉定工业区被批准为市级工业区，区域规划控制面积为 24.8 平方公里。图为 10 月 6 日,嘉定工业区(市级)成立大会　　（陈启宇　摄影）

1994 年 5 月 17 日,嘉定区人民政府驻北京办事处暨经济协作总公司北京公司成立恳谈会在北京国际饭店举行

（照片提供　嘉定区档案馆）

　　1994 年 12 月 22 日,上海大众二期 20 万辆桑塔纳轿车配套工程——安亭煤气厂建成投产。该工程占地 11.47 公顷,投资 1.96 亿元,日产煤气 10 万立方米　　（照片提供　张建华）

1994 年新建并投入运行
的 110 千伏广安变电站。图为
正在建设中的广安变电站

（照片提供　张建华）

　　1994 年 6 月,嘉定区
职教中心学生在实习车床
操作

　　（照片提供　张建华）

1994年8月1日,公安嘉定分局举行嘉城警察署成立大会暨挂牌仪式

（照片提供　公安嘉定分局）

1994年4月,嘉定区举行革命烈士陵园迁建一期工程落成仪式

（照片提供　嘉定区民政局）

1994 年 3 月 1 日,嘉定区举行第一期中青年干部培训班开学典礼

（徐 敏 摄影）

1994 年 4 月 19 日,"三代话未来"青少年成长教育座谈会在安亭镇举行

（照片提供 安亭镇）

1994 年 8 月 18 日，嘉西镇昌桥村举行村民代表大会，通过《村民自治章程》

（照片提供 嘉定区司法局）

  1994年,由嘉定区中心医院、区妇幼保健院、南翔医院等三个单位的10名医务人员组成的首支赴摩洛哥援外医疗队,进行为期两年的援外医疗任务。图为11月9日嘉定欢送医疗队的留影
(照片提供　章丽椿)

1994年11月25日,'94嘉定菊花节商品展销会在嘉定体育场举行

(照片提供　嘉定区档案馆　陈启宇　摄影)

1994 年 10 月 18 日，嘉定区第一届伤残人运动会开幕　　　　　　　（张建华　摄影）

　　1994 年 10 月，安亭实业总公司与美国洛克安德有限公司合作，筹
建上海洛克安德鸵鸟有限公司。公司坐落在安亭镇向阳村，占地 10 公
顷，建筑面积 2100 平方米，注册资金 200 万美元，后随着种养业结构调
整，公司于 2001 年 3 月停业　　　　　　　　　　　　　（陈启宇　摄影）

3. 1995年

3月22日,上海安亭汽车市场开业。

7月20日,嘉定区举行帮困粮油供应卡首发式。其发放对象为:城镇月人均收入低于230元的家庭、城镇重残无业人员、城镇救济对象和定补优抚对象。全区有3000多人领到此卡。

8月22日,区委召开开展"让人民高兴,使人民放心"主题活动动员大会。

8月31日,区委、区政府召开纪念中国人民抗日战争胜利50周年大会。

9月,沪嘉煤气复线工程全面竣工通气,该工程铺设 φ700mm铸铁管22公里,架设过管桥梁33座。

10月27日～11月7日,举行'95嘉定美术节。本次美术节共举办17项展览活动。

是年,经上海市人民政府同意,撤销原嘉定镇、嘉西镇,组建新的嘉定镇;划出戬浜镇一部分和迎园小区组建新成路街道;划出江桥镇一部分,组建真新新村街道。至此,全区共有17个建制镇和2个街道。

是年,嘉定区完成国内生产总值74.9亿元,人均国内生产总值1.56万元,工农业总产值242.7亿元,第三产业增加值20.9亿元,引进外资4.2亿美元,外贸产品解交额53.9亿元,财政总收入9.4亿元,继续保持在市郊的领先地位。

1995年11月,广州芭蕾舞团来嘉定演出《天鹅湖》　　　　　　　　　　（张建华　摄影）

1995 年 10 月,全国县(市)级计划工作交流会第八届年会在嘉定召开。图为会议会场及与会代表参观安亭汽车市场　　　　　　　　（照片提供　嘉定区档案馆）

1995年11月28日，上海江桥大酒店竣工并开张试营业。大酒店高15层，总投资4800万元，集餐饮、住宿、娱乐、健身、购物于一体

（照片提供　江桥镇

朱慕蓉　摄影）

1995年9月15日，沪上最大的上海市轻纺市场在江桥建成开张。首期建筑面积6万平方米，设摊位3000家

（照片提供　江桥镇

朱慕蓉　摄影）

1995 年 10 月 20 日，嘉定区举行爱国主义教育基地命名揭牌仪式。列为区爱国主义教育基地的有嘉定革命烈士陵园等 8 个。嘉定革命烈士陵园亦是全国 120 个爱国主义教育基地之一

（张建华 摄影）

1995 年 6 月 20 日，中共嘉定区委宣传部举办《邓小平同志建设有中国特色社会主义理论学习纲要》学习班

（张建华 摄影）

1995 年 8 月 16 日，为纪念世界反法西斯战争和中国抗日战争胜利 50 周年，嘉定区举行全区中学生参加的"忆抗战、爱家乡"知识竞赛活动。图为决赛场面

（张建华 摄影）

1995 年 5 月, 国家卫生部在嘉定举办"全国城市卫生规划讲习班"。20 个省（市）27 个城市的 37 位代表参加

（照片提供　嘉定区地方志办公室）

1995 年 8 月 25 日, 方泰镇举行家庭法律知识竞赛

（照片提供　安亭镇）

1995 年 4 月 18 日, 嘉定举行交通银行参建嘉定商厦签约仪式

（照片提供　何根法）

1995 年 11 月 28 日,新成路街道党工委、办事处成立。这是嘉定区第一个街道建制

（陈启宇　摄影）

1995 年 6 月 28 日,历时 3 年、总投资 3000 万元的沪宁铁路安亭立交桥建成(试)通车

（照片提供　安亭镇　陈启宇　摄影）

1995 年 12 月 30 日,嘉定区政府实事工程——嘉定第二自来水厂一期工程水源厂正式竣工通水,建成日取水能力 40 万吨的提水泵房 1 座,容积为 60 万吨的避咸蓄淡水库 1 座,日供浑水 25 万吨的一级泵房 1 座及配电设施

（照片提供　嘉定区档案馆　陈启宇　摄影）

1995 年 6 月和 10 月，嘉定分别在博乐购物中心广场和原嘉定体育场举办"迎农运、献爱心"中国体育彩票大型销售活动，共售出体育彩票 640 万元，为承办农运会筹措资金 100 余万元。图为博乐购物中心广场彩票销售启动仪式
（照片提供 上海市档案馆）

1995 年 6 月，嘉定油脂厂横沥装卸码头
（照片提供
嘉定区粮食局）

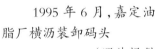

1995 年，在方泰街头设摊的生铁补锅子。图为摊头艺人正在熔化铁水补铁锅
（照片提供 张建华）

  1995 年 1 月 18 日，上海环球乐园在南翔镇古猗园北侧动工兴建。该园由深圳欣闻实业投资有限公司、上海南翔经济发展总公司、成都蛇口泰山（集团）有限公司、上海土地发展总公司等 10 个单位联建。占地 80 公顷，总投资 5 亿人民币。1996 年 6 月 7 日，环球乐园试营业。10 月 19 日晚，全国第三届农民运动会闭幕式在此举行。后无力经营而倒闭　　　　（陈启宇　摄影）

  1995 年 3 月 30 日，上海环美乐园在黄渡镇动工兴建。该园由黄渡镇工业公司和美国梦幻乐园合作建设，占地 60 公顷，总投资 1.6 亿美元。1996 年 9 月在黄渡镇开业迎客。但苦苦支撑几年后也宣告关闭　　　　　　　　　（陈启宇　摄影）

4. 1996年

3月22日，嘉定区政府在上海国际贵都大饭店举行'96嘉定工业区暨312国道招商说明会，当场签订合作意向项目26项，其中外资项目20项。

5月28日，华亭镇联华村与驻地部队携手建立占地32.3公顷的上海市首家双拥农场。

6月，位于嘉黄公路胜辛路口的嘉定农副产品综合交易市场开张。

7月1日，中共嘉定区委机关报——《嘉定报》复刊。

9月30日，嘉定区与日本大阪府八尾市缔结友好城市关系10周年庆祝大会在上海汽车工业活动中心举行。

10月8日，上海嘉定胶合板批发市场在南翔镇开业。

10月13～14日，全国第三届农民运动会武术比赛在嘉定体育馆举行。

10月19日，全国第三届农民运动会闭幕式在上海环球乐园举行。

10月20日，位于徐行镇的上海众仁老人乐园开园。该园是上海市慈善基金会安老慈善工程的重要项目。

10月21日，嘉定区纪念长征胜利60周年歌咏大会在嘉定体育馆举行，共有12支歌队的1200多人引吭高歌。

11月15日，全长3.6公里的嘉戬公路竣工通车。此项工程历时7个月，总投资2500万元。

12月18日，全长2.4公里的博乐路拓建工程开工。

是年，嘉定完成国内生产总值101.5亿元、工业总产值313.1亿元、农业产值7.2亿元、财政总收入12.8亿元。

1992年1月，嘉定解放后最大的水利工程——墅沟引水工程破土，1996年墅沟水闸翻建结束，工程全面竣工

（陈启宇 摄影）

1996年，法华塔维修工程结束。10月30日，嘉定区举行法华塔地宫珍品入藏仪式，"世纪宝鼎"的子鼎、金质灯泡和银质2000型桑塔纳轿车模型等一批珍品入藏。图为4月19日在嘉定体育馆举办的"爱我嘉定·修我宝塔"嘉定法华塔征集藏品、募捐集资义卖文艺演出　（照片提供　张建华）

1996年10月30日，嘉定法华塔地宫珍品入藏仪式　（陈启宇　摄影）

1996年6月23日,嘉定区举行共产党员迎"七一"为民服务日活动

（照片提供　张建华）

　　1996年6月4日,上海大学(嘉定校区)4院1系与嘉定、马陆、戬浜、徐行4镇
和新成路街道签订共建精神文明协议书　　　　　　　　　（张建华　摄影）

1996 年 9 月 26 日，
嘉定区农业委员会挂牌
（照片提供　嘉定区农委
周爱珍　摄影）

1996 年 4 月 3 日，嘉
定区召开创建健康城市宣
传动员大会
（照片提供
嘉定区档案馆）

1996 年 1 月 20 日，
嘉定区举办振兴嘉定经
济恳谈会
（照片提供
嘉定区档案馆）

1996年,各国驻沪领事在南翔镇蓝天私营经济城参观

（照片提供　南翔镇）

1996年4月10日,嘉定区举办农村凝聚力工程建设经验交流会

（照片提供　嘉定区档案馆）

1996 年 12 月 19 日,利用光缆传输的全国农村第一个区镇会议电视网络在嘉定初步建成
（照片提供　嘉定区档案馆）

安亭镇的电视电话会议室

1996 年 4 月 18 日,嘉定武术馆揭牌（陈启宇　摄影）

　　1996 年 10 月 20 日，嘉定一中举行建校 70 周年庆典，2400 多名来宾和校友出席。嘉定一中校友会亦于当日成立　　　　　　　　　　（照片提供　嘉定一中）

　　1996 年 8 月 18 日，嘉定区举办首届中学生民防运动会，22 所中学的 430 名学生参赛　　　　　　　　　　　　　　　　　　（照片提供　嘉定区档案馆）

1996年6月23日,嘉定区'96广场文艺演出中老年专场在嘉定影剧院前广场举行

（张建华　摄影）

1996年6月28日,嘉定城区至江桥镇的公交专线车——嘉江线开通

（照片提供　江桥镇）

　　1996 年 11 月 18 日,嘉定籍军人、成都军区一等功臣单杰同志先进事迹报告
会在嘉定影剧院举行　　　　　　　　　　　　　　　　（陈启宇　摄影）

　　1996 年 5 月 23 日,嘉定实验幼儿园小朋友在下围棋　　（陈启宇　摄影）

5. 1997年

2月20～25日,嘉定区干部群众以各种形式沉痛悼念和深切缅怀一代伟人邓小平。

3月21日,我国第一个由国家投资兴建的化学新材料产业化"孵化器"——中国科学院上海化学新材料中试基地在嘉定建成。

4月26日至9月17日,嘉定区第一届运动会成功举办,62个体育代表团,851支代表队,4840名运动员参加田径、乒乓、足球、象棋等9个项目的比赛。

6月25日,嘉定第二水厂一期工程建成通水并举行通水仪式。该工程是区政府1995年、1996年、1997年实事工程,并被列为上海市政府1996年重大工程。

7月10日,上海育才中学新校舍开工典礼在马陆举行。

8月28日,嘉定汽车客运中心破土动工。

9月23～24日,区委召开传达贯彻党的十五大精神干部大会,发出《关于学习、宣传、贯彻党的十五大精神的通知》。

9月25日,嘉定区政府举行博乐路改建、塔城东路慢车道和紫藤公园工程竣工典礼。

9月26日,上海市公安局嘉定分局新大楼落成仪式在塔城东路400号新址举行。

1997年,嘉定区国民经济持续、健康、快速发展,全年国内生产总值达125.1亿元,比上年增长23.3%,人均国内生产总值2.63万元,折合3176美元。

1997年9月27日,嘉定区召开传达贯彻党的"十五大"精神干部大会 (陈启宇 摄影)

1997 年 6 月,嘉定区精神文明建设委员会办公室等单位联合举办嘉定区庆香港回归文艺晚会
（照片提供 张建华）

1997 年 6 月,嘉定区迎香港回归活动
（照片提供 张建华）

1997年10月20日,安亭镇墨玉南路接通沪宁高速公路举行通车仪式
（照片提供 安亭镇 黄翔元 摄影）

1997年5月18日,上海装饰市场开业典礼
（照片提供 工商嘉定分局）

1997年底落成的嘉定商城,主楼高八层,地下一层,总建筑面积2.43万平方米,总投资8000万元
（陈启宇 摄影）

1997 年 9 月 27 日，嘉定区第一届运动会闭幕式暨嘉定体育中心揭牌仪式举行
（陈启宇　摄影）

1997 年 8 月，"嘉丰杯"全国象棋王位赛在嘉定举行　　　　（陈启宇　摄影）

1997年3月24~26日,总政歌剧团在嘉定影剧院演出"世纪留声——中国歌剧精选"4场,观众近5000人 （张建华 摄影）

1997年4月,嘉定区实验小学的学生在课间做游戏 （陈启宇 摄影）

20 世纪 90
年代末,嘉定镇人
民街上的集市情
景
（何根法　摄影）

1997 年 5 月 22 日,第
一批 1500 箱由上海申马酿
酒有限公司酿制的皇轩香槟
气泡酒装箱运往香港。该酒
被香港各界庆祝回归委员会
指定为香港回归庆典葡萄酒
（陈启宇　摄影）

1997 年 5 月 16 日,上海科学
仪器厂向嘉定区赠送搭载卫星在太
空中辐射诱变的番茄、辣椒种子。12
月,首批太空番茄在徐行镇江南春
园艺场结果　　（陈启宇　摄影）

6. 1998年

4月9日,区委召开区内市属科研机构和高校主要领导座谈会。

4月18日,华东最大的木材交易市场——上海金翔木材批发市场在南翔开业。

4月,占地140公顷的华亭特色农业园区启动。园区辟主体农业种养、特色园艺、休闲度假、垂钓旅游观光等4部分。

4月,嘉定民营科技密集区被科技部批准为上海高新技术产业开发区的组成部分,成为国家级高新技术园区。

7~8月,长江流域和嫩江、松花江部分地区遭受百年未遇的特大洪水,全区各界捐款736万元,衣被38万余件。

8月18日,嘉定区娄塘镇和太仓市陆渡镇共同投资1020多万元的娄陆大桥改建竣工。

11月6日,坐落在徐行镇的上海嘉定武术馆开馆,上海气功培训中心和嘉定区武术培训学校同时在该馆揭牌。

12月,《嘉定钱大昕全集》校点本由江苏古籍出版社出版。

是年,经济体制改革稳步推进,全区有1365家镇村企业和173家区属企业实行改制,组建发起设立股份有限公司1家,新建股份合作制企业20家。同时成立了区投资服务中心。

是年,嘉定区克服亚洲金融危机带来的困难,经济建设保持健康发展。全年完成增加值150亿元,工业总产值476亿元,第三产业增加值44.2亿元,引进外资2.35亿美元,完成地方财政收入8.9亿元。

　　1998年5月2日,'98上海国际艺术节嘉定分会场系列活动揭幕。共举办各类广场文化活动18场次,参演者4000人次,观众6万人次。"嘉定新韵"专场5月31日下午在上海外滩新世纪广场与市民见面

（张建华　摄影）

　　1998 年,安亭镇、方泰镇"撤二建一"后的新安亭镇举行第一次党代会,选举新的中共安亭镇委员会
（照片提供　安亭镇）

　　1998 年 3 月 18 日,被列为上海市重大工程的嘉定一中易地新建工程在菊园小区开工
（陈启宇　摄影）

1998 年 12 月 8 日，
《上海改革开放二十年》系
列丛书嘉定卷首发式
（照片提供
嘉定区档案馆）

1998 年 12 月，嘉
定区举行纪念党的十一
届三中全会 20 周年理
论研讨会
（照片提供
嘉定区档案馆）

1998 年 3 月 22 日，
西上海(集团)成立
（陈启宇 摄影）

1998 年 8 月 21 日，嘉定各界抗洪赈灾文艺演出在嘉定影剧院举行

（陈启宇　摄影）

1998 年 6 月 26 日，嘉定最后一个电话镇在望新镇建成。至此，全区 248 个村，17 个镇全部建成电话村、镇，标志着嘉定在上海市郊率先建成电话区

（照片提供　嘉定区档案馆）

1998 年 12 月 31 日，江桥水库泵站开工建设

（照片提供　江桥镇）

1998 年,第八届全运会"奔向新世纪"火炬传递活动在嘉定区的起跑仪式
（陈启宇　摄影）

1998 年 11 月 8 日,'98 上海"大王保险箱杯"沪穗足球对抗赛在嘉定体育中心体育场举行
（陈启宇　摄影）

1998 年,清河路肯德基快餐店
（陈启宇　摄影）

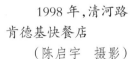

7. 1999年

3月19日,位于马陆镇的宝象海鲜城发生因液化气泄漏引起的爆炸事故,造成7人死亡,5人重伤,17人轻伤。

3月28日,嘉定区'99春季大型人才交流洽谈会暨上海首届汽车、汽配、汽修行业人才交流洽谈会在东方汽配城举行。

5月10日,上海八大园艺场之一的封浜园艺场对外开放,成为继浦东孙桥现代农业开发区后的又一个都市农业观光点,也是上海地区首个对外开放的国产化都市农业观光点。

5月,嘉定区综合办公大楼落成启用;5月13日,在大楼广场举行庆祝嘉定解放50周年升国旗仪式。

8月20日,1998年3月18日开工,总投资1.5亿元的嘉定一中易地新建工程竣工典礼在新落成的嘉定一中音乐厅举行。

8月28日,上海市首家私营经济发展研究会在上海蓝天经济城成立。

9月25日,"庆国庆50周年——群星璀璨耀嫘城"大型演唱会在嘉定体育中心举行,万余人观看。

11月9日,按照中央和市委的部署,区级领导班子和领导干部于即日起开展"三讲"教育。到2000年1月5日结束。

12月18日,嘉定气象台新址(永盛路68号)落成仪式举行。

12月27日,上海市泵行业首家集团公司——上海凯泉(集团)有限公司在黄渡成立,时为嘉定区第一家民营企业集团公司。

12月30日,嘉浏高速公路(一期工程)竣工通车。

是年,嘉定文化建设成效显著。《嘉定县续志》出版,陆俨少艺术院、顾维钧生平陈列室相继开院(展),区广播电视少儿艺术团成立。

是年,嘉定完成增加值152亿元,完成工业总产值480.8亿元,实现社会消费品零售额50.1亿元,实现外贸出口产品解交额115.1亿元,引进合同外资2亿美元;完成地方财政收入10.6亿元。

1999年6月,嘉定区举办纪念陆俨少先生诞辰九十周年暨陆俨少艺术院开院庆典 (陈启宇 摄影)

1999年11月3日，第一次来上海访问的德国总理施罗德到上海大众汽车公司巡视。图为施罗德总理和上海市市长徐匡迪共同为上海大众汽车三厂生产线按下启动按钮

（刊于《'99上海365天》）

1999年11月25日，'99嘉定投资说明会在浦东金茂大厦二楼嘉宾厅举行。14家中外企业与嘉定区签订了1.2亿美元和5.2亿人民币的投资协议

（陈启宇 摄影）

1999 年 11 月 9 日，嘉定区"三讲"教育动员大会在区综合办公大楼举行。领导班子、领导干部以"三讲"(讲学习、讲政治、讲正气)为主要内容的党性党风教育启动（照片提供　张文国）

1999 年 3 月 29 日，上海市工商行政管理局嘉定分局挂牌

（照片提供工商嘉定分局）

1999 年 11 月 20 日，嘉定区举行首次农业招商会。会上，香港汉力投资有限公司等 20 家企业与嘉定区签订 1.08 亿元的农业项目投资协议　（陈启宇　摄影）

1999 年 10 月 27 日,上海嘉定大众公共交通有限公司、上海嘉定汽车客运场站管理有限公司揭牌　　　　　　　　　　　　　　　　　（照片提供　嘉定区交运局）

1999 年 9 月 8 日,中国最大的现代化千吨级垃圾焚烧厂——上海江桥生活垃圾焚烧厂动工。一期工程投资 7.5 亿元　　　　　　　　　　　　　（照片提供　江桥镇）

'99 嘉定区中小学生田径运动会暨广播操比赛　　　　　　　　　（陈启宇　摄影）

1999年8月10日，具有800年编织史的徐行镇举行"黄草编织大赛"，年过花甲的李月琴成为众多与会者关注的对象。1953年由她编织的和平鸽拖鞋获得莱比锡博览会艺术奖章，并受到时任国家副主席朱德的接见。图为李月琴在赛场上手把手教农家小姑娘学黄草编织

（刊于《'99上海365天》）

1999年11月17日，为方便城镇居民购买大件家用电器商品，嘉定商城推出"送货大篷车"服务

（刊于《'99上海365天》）

　　1999 年 6 月 26 日,南翔镇举办'99 大型招商会,吸引内外资 3 亿元人民币,涉及 80 多个项目,其中美国、日本、瑞士、新加坡等国占 1000 多万美元。图为外商们在招商会上

（刊于《'99 上海 365 天》）

　　1999 年 8 月 30 日,上海市武术散打训练基地、武警上海总队武术散打训练基地、影视武术演员上海训练基地在上海嘉定武术馆成立揭牌　　（陈启宇　摄影）

1999年,嘉定区支援西藏农业机械化工程,一批拖拉机送达西藏

（刊于《情系日喀则摄影集》）

1999年10月22日，台胞顾纪卿与嘉定区残联各捐赠轮椅51辆,102名肢疾人
受赠 　　　　　　　　　　　　　　　　　　　　　　　　　（陈启宇　摄影）

1999 年 7 月 17 日，嘉定区科协组织各街道、镇的科普工作者，到浦东新区的孙桥现代化农业基地参观

（刊于《'99 上海 365 天》）

1999 年 2 月 17 日至 3 月 7 日，嘉定区在秋霞圃举办"国富民强、普天同庆"为主题的'99 嘉定迎春文化灯会，观灯游客逾 1 万人次

（陈启宇 摄影）

1999 年 5 月 10 日，嘉定商城是'99 上海国际服装文化节分会场之一，为扩大嘉定服装市场的影响力，美化嘉定人民的生活，当日在商场门口举办的街头服装表演，吸引众多观众

（刊于《'99 上海 365 天》）

8. 2000年

1月28日,总投资4.5亿元的嘉浏高速公路二期工程开工。

3月,占地14.5平方公里的嘉定现代农业园区开建。

8月13日,嘉定城区及南翔、安亭、马陆、戬浜、黄渡、外冈、娄塘等7镇成功演练防空警报试鸣。这是50年来上海市首次在非战争和非紧急情况下拉响的防空警报。

8月,全国爱卫办命名安亭、南翔、黄渡3镇为国家卫生镇。

9月23日,2000年上海旅游节嘉定"江南名城"文化旅游系列活动开幕式在孔庙南侧新建的孔子广场举行。

10月11~14日,2000年"黄渡杯"全国青少年武术散打锦标赛在嘉定体育馆举行。

11月15日,南翔镇永乐村成为全区第一个手机村。

12月,《上海市嘉定区新城总体规划(1999~2020)》获市政府批准。

是年,市政府批准撤销外冈镇、望新镇建制,建立新的外冈镇;撤销安亭镇、方泰镇建制,建立新的安亭镇;撤销嘉定镇建制,建立嘉定镇街道;菊园小区更名为菊园新区,并着手筹建街道办事处。

1998年12月28日开工的投资3.47亿元的沪宜公路嘉定段拓宽改建工程竣工并开始收费还贷。

是年,安亭镇被市政府确定为上海市"一城九镇"试点镇。

是年,嘉定实现增加值170.5亿元,完成工业总产值553,5亿元,合同引进外资5.1亿美元,实现地方财政收入13.3亿元。

　2000年10月28日,上海二手车交易市场在安亭地区开业,标志着上海二手车交易从初级的中介服务走上产业化发展之路　　　　　　　(陈启宇　摄影)

2000 年 5 月 12 日,中共中央总书记、国家主席、中央军委主席江泽民视察上海大众汽车有限公司 (侯向平 摄影)

2000 年 11 月 28 日,嘉定区投资服务中心改建为嘉定区投资服务和办证办照中心,32 个职能部门进驻 (陈启宇 摄影)

2000 年 9 月 29 日，嘉定镇街道办事处挂牌
（陈启宇 摄影）

2000 年 11 月 28 日，"2000 国家级高科技园区（嘉定）招商说明会"在区综合办公大楼举行。12 个外资项目、12 个内资项目签约，总投资 2.2 亿美元和 3.3 亿元人民币
（陈启宇 摄影）

2000 年 11 月 9 日，嘉定区司法局在全市率先开通"148"特服电话 （陈启宇 摄影）

1996年4月,嘉定区在嘉定工业区建立留学人员嘉定创业园区。2000年12月,留学人员嘉定创业园区被科技部、人事部、教育部确定为首批10个国家级留学人员创业园区示范建设试点园之一

（陈启宇　摄影）

2000年5月6~12日,全国第五届残疾人运动会轮椅网球比赛在嘉宝网球俱乐部举行

（陈启宇　摄影）

2000年3月23日,苏州河(嘉定段)沿岸整治工地

（照片提供　嘉定区农委

周爱珍　摄影）

9. 2001年

5月11日,嘉定区第二届运动会开幕式在嘉定体育中心举行。6月10日举行闭幕式。

6月22日,上海市郊规模最大、床位最多、服务项目最完善的镇级敬老院——南翔福利院建成并投入使用。

9月22日,2001年上海嘉定"江南名城"文化旅游节开幕式、"嘹城之夜"花车巡游活动和"状元钟"募捐仪式举行。

11月5日,全长17.1公里的嘉浏高速公路通车。这是上海多元化投资建成的首个重大工程。

11月7日,嘉定区政府与同济大学合作建设同济汽车学院签约仪式在区综合办公大楼举行。该学院选址于安亭,占地100公顷,首期工程占地50公顷,2002年秋竣工开学。

11月18日,普通小学举行百年校庆。

12月26日,嘉定区政府委托上海第二医科大学管理嘉定区中心医院签约仪式举行。

是年,市政府批准撤销娄塘、朱家桥、江桥、封浜、马陆、戬浜、徐行、曹王、华亭、唐行等10镇建制,建立新的娄塘、江桥、马陆、徐行、华亭等5镇。实施区级机关机构改革,精减行政编制20%。

是年,由上海市教委和嘉定区人民政府合办的上海科学技术职业学院建校。

是年,嘉定实现增加值191.0亿元,完成工业总产值636.7亿元,吸纳外资合同金额8亿美元,地方财政收入19.7亿元。

2001年7月31日,上海市试点城镇安亭镇建设启动大会在市政府会议室召开

(陈启宇 摄影)

2001年5月13日,上海国际汽车城建设领导小组办公室、上海国际汽车城发展有限公司(筹)在安亭揭牌 　　　　　　　　　　　　　　　　　　　　　　(陈启宇　摄影)

2001年9月28日,上海国际汽车城在安亭全面建设开工 　　　　　　　　　　(陈启宇　摄影)

2001年6月,安亭镇举行"百姓宣讲团"授旗仪式

（照片提供　安亭镇）

2001年12月18日,上海国际汽车城零部件配套园区项目举行签约仪式

（照片提供　安亭镇）

　　2001年11月5日，青浦区西元村、龚闵村、吴赵村和陈岳村下水浜村民组、塘湾村杜家村民组（总面积5.4平方公里）划归嘉定区安亭镇的交接仪式在安亭举行

（照片提供　安亭镇）

　　2001年10月25日，法律援助实事项目——上海市嘉定区法律援助中心启用

（照片提供　嘉定区司法局）

2001年12月18日，全长24公里的宝钱公路竣工、全长22.48公里的浏翔公路开工仪式举行

（陈启宇　摄影）

2001年4月30日，"嘉定大众"、"嘉定锦江"、"嘉定江桥"出租汽车公司成立暨嘉定区区域性出租汽车发车仪式在嘉定区体育中心举行

（照片提供　嘉定区交运局）

2001 年 11 月 8 日，首届嘉定杰出人才奖得主徐至展等 10 人在 2001 年上海科技节嘉定区活动开幕式上领奖 （陈启宇 摄影）

2001 年 9 月 12 日，"嘉定风情摄影展"在日本八尾市市民文化中心大厅开幕。共展出由嘉定区摄影家和摄影爱好者拍摄的嘉定风光风情摄影作品 80 幅 （何根法 摄影）

2001 年 5 月 28 日，华东师范大学生物学博士后流动站嘉定现代农业实验工作站举行签约揭牌仪式 （陈启宇 摄影）

10. 2002年

1月28日,上海台商工业园(嘉定)信息发布会在上海国际会议中心举行。

4月9日,全球著名电子制造服务企业——新加坡投资建设的伟创力电子科技(上海)有限公司在马陆奠基。该公司占地46.6公顷,投资额3.5亿美元,注册资本990万美元。

4月28日,总投资8400万元,占地2.1公顷的博乐广场落成典礼举行。5月1日起博乐广场向市民开放,汇龙潭公园恢复入园收费。

5月30日,嘉定区首次土地使用权招标仪式举行。

5月,沪郊第一家农机合作组织——嘉定区外冈镇农机服务中心成立。

8月,嘉定全面完成广播电视"村村通"工程。此项工程始于2000年。

9月1日,来自重庆市云阳县的121户486名三峡移民落户徐行、华亭、娄塘、外冈等四镇。

9月21日,嘉定状元钟楼竣工典礼暨撞钟仪式举行。

10月17日,总投资超过50亿元,规划用地5.3平方公里,可容纳20万观众的上海国际赛车场开工。

10月30日,上海国际汽车城招商会在上海光大会展中心举行。会上共有32个项目签约,协议总金额47亿元人民币。

11月28日,占地20.3公顷,总投资1.8亿元的上海国际汽车城重大市政配套建设项目——安亭新镇污水、垃圾综合处理工程开工典礼举行。该项目采用国际先进的环保理念,将污水、垃圾处理合二为一,在中国尚属首例。

12月10日,市郊首家土地储备开发中心——嘉定区土地储备开发中心揭牌,嘉定区土地储备开发管理委员会办公室同时成立。

12月20日,1999年开工建设的全国最大的现代化生活垃圾焚烧厂——上海江桥生活垃圾焚烧厂建成并试点火。日处理量可达1000吨,同时还能利用余热每天发电46万度。一期工程总投资7.5亿元。

12月23日,嘉定西门旧区改造项目(一期)开工。该项目规划用地31.6公顷,将新建商品住宅15万平方米。

12月26日,规划占地4.9平方公里,居住人口达8万人的安亭新镇全面开工。

是年12月28日开工,占地7.9万平方米,投资2.5亿元,建筑面积6.5万平方米的嘉定区中心医院易地新建工程至2002年底基本完工。

是年,嘉定在全市率先建立社会救助"块上受理、综合协调、条块拨付、一口上下"运行机制,并取得初步成效。

是年,嘉定实现增加值216.0亿元,完成工业总产值733.2亿元,吸纳合同外资14.1亿美元,完成地方财政收入20.9亿元。

嘉定区从 2002 年 9 月至 2004 年 8 月，共接收安置三峡库区移民 183 户，计 736 人。分别安置在徐行、华亭、外冈和嘉定工业区的 53 个安置点上

（照片提供
外冈镇 徐行镇）

2002 年嘉定区学术
技术带头人聘任颁证仪式
暨嘉定专家论坛开幕式
（陈启宇 摄影）

2002 年 10 月 29 日，
嘉定区精神文明建设巡访
团成立暨志愿者工作会议
召开 （徐 嵘 摄影）

2002 年 12 月 28 日，
上海市试点城镇安亭新镇
及市政设施共同沟建设开
工仪式在安亭镇举行
（照片提供 安亭镇）

　　2002 年 11 月 9 日，嘉定区第五届社区健身大会闭幕式暨第七届全民健身节开幕式在嘉定体育馆举行　　　　　　　　　　　　　　　　　　（陈启宇　摄影）

　　2002 年底，嘉定区中心医院易地新建工程基本完工　　　　　　（陈启宇　摄影）

2002 年 12 月 16 日，上海西北物流园区（江桥）开工建设暨入驻项目签约仪式在上海国际会议中心举行。该园占地 333.3 公顷，首期开发 159.2 公顷，基础建设投入 5 亿元

（陈启宇　摄影）

2002 年 6 月 10 日，黄渡镇司法、信访综合服务窗口揭牌

（照片提供
嘉定区司法局）

2002 年 10 月 28 日，安亭镇玉兰四村召开第一届居民委员会选举大会

（照片提供　安亭镇）

2002 年 7 月 25 日,上海安亭煤气厂交接仪式在安亭镇举行

（照片提供　安亭镇）

2002 年 6 月 14 日，嘉定区与江西省九江市举行经济合作洽谈会暨援建希望小学签约仪式

（徐　嵘　摄影）

11. 2003年

1月11日,总投资逾10亿元的上海国际五金机电交易中心在安亭奠基。

1月16日,浏翔公路竣工暨城北路、胜辛北路建设开工仪式举行。城北路、胜辛北路均于10月建成。

1月23~25日,中共上海市嘉定区第三次代表大会召开。

3月18日,嘉定水质净化二厂(一期)和上海国际汽车城污水总管工程开工奠基仪式举行。

4月28日,嘉定区防治"非典"指挥部成立。

5月28日,总投资16亿元的中国首个汽车博览公园在上海国际汽车城动工。

6月5日,时为上海投资额最大、里程最长的A5(嘉金高速)公路在黄渡开工。A5公路纵贯嘉定、青浦、松江、金山四区,全长65公里。

6月18日,总投资5.2亿元的上海五金商贸城在外冈动工。

10月16日,嘉定工业区大型招商说明会在上海国际会议中心举行,来自海内外的客商与嘉定工业区签下50多个项目,总投资逾12亿美元。

10月18日,总投资5.8亿元的上海嘉定汽配科技城在马陆开业。为期3天的中国汽车零部件名优产品第十八届(展示)交易会同时举行。

10月23日,嘉定区举行亲商大使聘任仪式,首批30位海内外商界知名人士和5个社会团体受聘。

11月19日,江桥生活垃圾焚烧厂点火投产。

11月25日,嘉定区举行推进项目开工建设现场会。共有37个项目同时开工,总投资22.5亿元。

11月28日,嘉定区首届外商投资企业年会暨嘉定论坛在上海国际会议中心举行。

12月9日,占地33.3公顷的上海师范大学天华学院在嘉定工业区北区动工兴建。

12月12日,总投资5亿元人民币的上海汽车零部件全球采购中心在安亭签约。

12月总投资2.8亿元的环城河综合整治工程经过3年努力告竣。

是年,嘉定全区实现增加值271.6亿元,比上年增长22.9%,完成地方财政收入27亿元,比上年增长37.2%。

2003 年，嘉定区举行扶持"小巨人"企业计划实施大会暨签约仪式

（陈启宇 摄影）

2003 年 6 月 28 日，上海国际汽车城零部件配套工业园区招商大会在安亭举行。总投资达 70.5 亿元人民币，其中合同外资 3.2 亿美元，合同内资 44.1 亿元人民币

（照片提供 安亭镇）

2003 年 9 月 30 日，总投资 3 亿欧元的上汽——大众发动机合资公司在嘉定工业区北区奠基

（童燕彬 摄影）

2003 年 12 月 2~4 日，上海市年鉴学会 2003 年年会暨第八次年鉴协作会议在嘉定召开
（章 华 摄影）

2003 年 1 月 22 日，上海乐购嘉定生活购物中心开业 （陈启宇 摄影）

2003 年 10 月 11 日，"步步高杯"全国女子、男子排球联赛在嘉定体育馆举行 （王 俊 摄影）

2003年,建设中的上海国际赛车场 （陈启宇 摄影）

2003年11月9日,由上海市文明办、中共嘉定区委宣传部举办的"走到一起来——拥抱F1,相约嘉定"大型文艺演出在嘉定体育中心举行 （张建华 摄影）

2003 年 5 月 28 日，上海市人民政府汽车城建设专题会议在安亭镇召开

（照片提供　安亭镇）

2003 年 8 月 22 日，"长江三角洲经济与民营企业发展论坛"在安亭镇举行

（照片提供　安亭镇）

2003 年 7 月 28 日，上海国际赛车场轨道交通车站及相关区间工程开工建设

（照片提供　安亭镇）

2003 年 6 月 30 日，"创文明城区,塑嘉定形象"嘉定区百姓诗书画作品展在陆俨少艺术院开幕

（张建华　摄影）

2003 年抗击"非典"期间,嘉定医护人员在道口为入境人员测量体温

（张建华　摄影）

2003 年 4 月 18 日,嘉定社会福利院由塔城路 286 号乔迁至北大街 301 号新址

（照片提供　嘉定区民政局）

12. 2004年

1月,安亭镇2000多户居民用上天然气,成为受惠于"西气东输"工程的首批上海用户。

2月25日,上海国际汽车城产业发展有限公司、上海嘉定轨道交通建设投资有限公司揭牌。

3月11日,上海市第一家人大代表活动中心——南翔镇人大代表活动中心揭牌。

3月18日,上海工艺美术职业学院在菊园新区举行新校区奠基仪式。

3月29日,全国换发第二代居民身份证上海市首发仪式在嘉定举行。

4月3日,嘉定工业区叶城路、招贤路口发生一起特大交通事故,一辆客车与一辆大货车相撞,导致客车翻车并起火,造成4人死亡,36人受伤。

4月22日,嘉定轨道交通建设投资有限公司与上海港铁建设管理有限公司就合作建设轨道交通十一号线(嘉定段)举行签约仪式。

4月28日,投资3.6亿元的上海肉类加工中心在嘉定工业区北区奠基,建成后将是华东地区最大的肉类加工基地。

6月30日,占地140公顷的"格林世界"风情小镇项目在南翔奠基。

7月6日,欧尚超市嘉定店开业。

7月,《嘉定新城总体规划纲要》推出。

8月10～11日,由嘉定区人民政府、上海社会科学院、同济大学、人民日报华东分社联合主办的"嘉定汽车论坛"在区综合办公楼广厦厅举行。

9月1日,华亭镇399名小学生进城就读于城中路小学和普通小学。

9月1日至5日,"嘉定招商周"创下引资16.93亿美元的历史新记录。

9月,A30(郊区环线)高速公路嘉定段建成通车。

10月12～14日,世界规模最大的清洁环保汽车大赛——"必比登"汽车挑战赛在上海国际赛车场举行。

10月31日,同济大学嘉定校区举行落成典礼。

11月11日,总投资3.58亿元、建筑面积6万平方米的上海汽车会展中心在上海国际汽车城核心贸易区开工。

11月19日,历时4年的云翔寺重建工程完工,建寺1500年庆典仪式同日举行。

11月28日,嘉定创建国家卫生区工作通过全国爱卫办考评。

12月25日,嘉定工业区海伦社区举行居民入住仪式,首批2510户动迁农民拿到新房钥匙。

12月25日,截至是日,全区累计参加"镇保"的人数达到89786人,另有25580名农民采用或参照征地养老等办法落实社会保障。

是年,嘉定8.98万农民参加"镇保";全区农村养老金最低发放标准增至每人每月100元,6万退休农民月人均137元。

是年,嘉定实现增加值340.8亿元,工业总产值首次突破千亿元大关,达到1101.2亿元;财政总收入达到92.2亿元,其中地方财政收入37.2亿元。

2004年7月28日,中共中央总书记、国家主席胡锦涛视察上海国际汽车城并听取工作汇报

2004年9月30日,嘉定区举行"祝福祖国"广场文艺演出,庆祝中华人民共和国成立55周年
（陈启宇　摄影）

2004年5月10~15日,嘉定区召开第二届残运会暨第一届特殊奥运会
（陈启宇　摄影）

2004年9月4日,"同一首歌——走近F1·走进嘉定"大型演唱会在上海国际赛车场举行
(陈启宇　摄影)

2004年9月24~26日,首届F1世界锦标赛中国大奖赛在嘉定举行

(陈启宇　摄影)

2004年5月7日，全国劳动模范参观团到嘉定参观上海国际汽车城和上海国际赛车场

（照片提供　嘉定区总工会）

　　2004 年 11 月 19 日，历时 4 年的云翔寺重建工程完工，上海云翔寺修复委员会举行纪念云翔寺建寺 1500 周年、重建落成庆典暨全堂佛像开光法会

（照片提供 《南翔画报》）

　　2004 年 9 月 22 日，嘉定区创建上海市文明城区汇报会召开　　（张建华　摄影）

2004年5月20日,嘉定区与粮食主产区(辽宁海城)举行产销合作恳谈会暨签约仪式

(照片提供　嘉定区粮食局)

2004年9月,嘉定镇街道组织社区居民开展"走进'F1',迎金秋十月——社区文化风采展示"活动

(何根法　摄影)

2004年11月,嘉定镇街道三皇桥小区举行社区运动会。图为社区居民开展负重赛跑

(何根法　摄影)

13. 2005年

1月21日，嘉定区召开保持共产党员先进性教育活动动员大会，全区近3万名党员分两批参加保持共产党员先进性教育活动。

1月，全区退休农民养老金最低发放标准再次提高，从上年的每人每月100元提高到150元。

2月6日，在嘉定区2005年人口和计划生育工作大会暨奖励扶助金首发仪式上，4024个农村计划生育家庭领取奖励扶助金149.76万元。

2月22日，工商嘉定分局向香港居民陆尚洁颁发登记注册的"上海市嘉定区世灵电脑维修部"营业执照。全区第一个以香港居民身份注册的个体工商户诞生。

3月28日，曹安商贸城在真新新村街道举行开工奠基仪式。

4月30日，嘉定区首次向社会公开招聘事业单位工作人员，推出行政管理、新闻传媒等69个岗位，采用考试与考核相结合的方式进行选拔，择优录用。

5月25日，嘉定区被上海市委、市政府命名为上海市文明城区。

6月1日，嘉定镇街道、新成路街道、嘉定工业区、菊园新区等地区天然气转换工作启动，嘉定成为上海第一个天然气全区通的行政区域。至年末，10万余户居民用上天然气。

6月6日，规划用地1000公顷的嘉定现代农业园区举行开工奠基仪式。

6月28日，嘉定出口加工区被国务院批准为全国新增的18个出口加工区之一，总体规划面积3平方公里，位于嘉定工业区（北区）。10月19日举行揭牌仪式。

6月29日，嘉定游泳馆举行开馆仪式。

7月12日，举行上海国际汽车城核心区——嘉定新城推介说明会，嘉定新城建设序幕拉开。

7月18日，《中共上海市委、上海市人民政府关于嘉定区功能定位等问题的批复》下发，"汽车嘉定"功能定位确定。

7月27日，嘉定区分别举行民兵训练基地落成仪式。

9月13日，中共中央政治局常委、全国政协主席贾庆林视察上海国际汽车城。

9月28日至10月18日，嘉定区成功举办2005汽车文化节。

10月2日，上海市第六届特殊奥运会滚球赛在嘉定举行。

10月18日，嘉定新城核心区首个重点工程项目——惠民家园启动建设。

10月19日，嘉定区举行2005投资说明会。总投资额为126亿元人民币的33个项目在会上签约。

10月26日，上海嘉丰飞龙纺织有限公司、上海飞联纺织有限公司、上海毛巾十六厂、上海嘉丰棉纺织总厂4家市属企业整建制划归嘉定管辖。

10月28日，上海首家文化信息创意产业园落户马陆镇。

10月29日至11月12日，成功举办嘉定区第三届运动会，全民健身事业蓬勃发展。

2005 年 12 月 28 日,上海轨道交通十一号线(嘉定段)新城站、城北路站开工

（陈启宇　摄影）

2005 年 10 月 25
日，嘉定区重大工业项
目集中开工建设启动仪
式在嘉定工业区（北区）
举行 （陈启宇 摄影）

2005 年 12 月 30
日，上汽股份汽车工程
研究院新址奠基仪式在
上海国际汽车城举行
（照片提供 上海
国际汽车城建设
领导小组办公室）

2005 年 5 月 18
日，上海国际机电五金
城开业
（照片提供 安亭镇
朱金兴 摄影）

2005 年 7 月 12 日,嘉定新城建设说明会在上海国际赛车场举行　　　（陈启宇　摄影）

2005 年 6 月 11 日,上海西郊生产性服务性集聚区一期项目开工仪式在江桥镇举行

（陈启宇　摄影）

　　2005 年 2 月 6 日,嘉定区召开人口计划生育工作大会暨奖励扶助金首发式。首批 4024 个农村计划生育家庭领取奖励扶助金计 149.76 万元

（照片提供　嘉定区人口计生委）

　　2005 年 9 月 2 日,嘉定工业区虬桥村民主评议村干部现场会召开。图为村民在填写评议村干部的评议表　　　　　　　（照片提供　嘉定区民政局）

2005年3月28日，安亭老街改造工程——安亭菩提禅寺重建奠基开工

（照片提供　安亭镇）

2005年3月31日，公交安亭一线开通

（照片提供　安亭镇）

2005年1月31日，占地34公顷、建筑面积33万平方米的上海市首个农村宅基地置换试点基地，外冈农民新居住区——"外冈新苑"举行项目开工仪式

（童燕彬　摄影）

2005 年 4 月 15 日，嘉定区春季大型人力资源招聘洽谈会在区投资服务和办证办照中心广场举行

（照片提供　区总工会

陆保芳　摄影）

至 2005 年 9 月 12 日，嘉定区归并小水厂实现集约化供水工程全面完成　（童燕彬　摄影）

2005 年，来沪人员首次申领《上海市临时居住证》和《上海市居住证》

（沈　青 摄影）

14. 2006年

6月26～27日,区委举办党政负责干部"坚持科学发展观,推动社会主义新郊区新农村建设"专题研讨班。

9月1日,嘉定区首届摄影艺术作品展在陆俨少艺术院开幕。

11月8日,由中国国际贸易促进会和嘉定区人民政府联合主办的嘉定区2006投资亮点推介会在北京举行。

是年,上海国际汽车城功能培育和开发有新的进展。3月10日,上海汽车会展中心竣工启用;10月24日,上海汽车博物馆落成开馆;上海汽车电子产业基地、新能源汽车零部件产业基地落户上海国际汽车城。

是年,轨道交通十一号线北段建设项目获国家发改委批准。动迁工作全面完成。

是年,建成一批农民现代居住社区。外冈新苑一期33万平方米交付使用;华亭佳苑16万平方米开工建设;华亭镇毛桥村农宅改造试点被农业部列为全国社会主义新农村建设35个示范点之一。9月22日,"华亭人家"开园。

是年,《嘉定新城主城区总体规划》获上海市人民政府批准。

是年,嘉定竹刻被列为国家级非物质文化遗产。

2006年2月10日,上海中国科举博物馆在嘉定孔庙开馆

（照片提供　嘉定区文广局）

2006 年 10 月 24 日,上海汽车博物馆在上海国际汽车城落成。年内,历史博物馆和古董车收藏馆对外开放(陈启宇 摄影)

2006 年,轨道交通十一号线(嘉定段)全线开工建设 (张建华 摄影)

2006年3月30日，嘉定区举行文学艺术界联合会第一次代表大会

（张 晔 摄影）

2006年12月1日，嘉定区人民政府与上海交通大学医学院附属仁济医院举行签约仪式，委托上海交通大学医学院附属仁济医院管理嘉定区中心医院

（照片提供 嘉定区卫生局）

2006年10月26日，嘉定区第一届职业技能竞赛开幕

（照片提供嘉定区教育局）

2006 年 6 月 24 日,曹安全球采购中心揭牌仪式暨高峰论坛在上海国际会议中心举行（陈启宇 摄影）

2006 年 8 月 25 日,嘉定新城招商阶段性成果签约推介会在嘉定综合办公大楼召开（照片提供 嘉定区新城公司）

2006 年 10 月 31 日,徐行生产性服务业功能区举行奠基仪式（照片提供 徐行镇）

地处上海国际汽车城内的国家机动车产品质量监督检验中心

（陈启宇　摄影）

2006年10月28日，第二届上海国际专用汽车零部件展览会在上海国际汽车城会展中心举行

（陈启宇　摄影）

2006年8月，《江泽民文选》发行。图为读者正在嘉定新华书店《江泽民文选》专柜前翻阅

（陈启宇　摄影）

14. 2007年

1月9～12日,中共上海市嘉定区第四次代表大会召开。

3月30日,位于安亭镇老街、有1768年历史的上海菩提寺大雄宝殿落成。

6月8日,江桥发现明代官员墓葬。

8月1日起,嘉定向农村参加合作医疗的1.4万名高血压患者免费供药。

9月6～7日,嘉定区举办首届科技兴农论坛。

9月19日,工商嘉定分局为嘉定区首家农民专业合作社——上海徐秦蔬菜生产专业合作社举行颁照仪式。

10月22日,嘉定区关心下一代工作委员会揭牌仪式举行。

10月3～11日,2007年世界夏季特殊奥林匹克运动会滚球比赛在嘉定举行。

11～12月,区委、区政府召开"学习贯彻十七大精神"会议,启动嘉定区"十七大精神宣讲村村行"活动。

12月28日,上海市哈密瓜研究所、上海市嘉定区哈密瓜研究所在嘉定现代农业园区举行揭牌仪式。

12月,轨道交通十一号线(嘉定段)土建结构工程实现全线贯通。

是年,首批嘉定十大城市名片评选揭晓,上海国际赛车场、南翔古猗园、上海中国科举博物馆(孔庙)、南翔小笼、上海汽车博览公园、"上海大众"汽车、嘉定新城、州桥老街·法华塔、嘉定竹刻、毛桥村·华亭人家榜上有名。

是年,嘉定区公布第一批区级非物质文化遗产名录,嘉定竹刻、徐行草编、南翔小笼、马陆篾竹编织、嘉定锡剧、石担石锁、道教音乐、江桥羊肉、江南丝竹、茶担舞、荷花灯舞、药斑布织染工艺、风筝等13项被列入其中。

2007年8月8日,嘉定新城举行中心区基础设施及功能性项目签约仪式

（照片提供　嘉定区新城公司）

2007年1月8日,轨道交通十一号线(嘉定段)首根桥面梁架设

（照片提供 轨道交通申嘉线公司）

2007年9月5日, 占地596公顷的上海嘉定出口加工区通过国家验收后揭牌成立,并封关运作

（陈启宇 摄影）

2007 年 4 月 17 日,嘉定区召开招商引资工作会议　　　　　（陈启宇　摄影）

2007 年 12 月 28 日,"嘉定新城·无线城市"合作签约暨建设启动仪式在区综合办公大楼举行,标志着"嘉定新城·无线城市"建设启动　　（照片提供　嘉定区信息委）

2007年11月22日，嘉定区光彩事业促进会第一次会员大会召开

（照片提供嘉定区工商联）

2007年8月9日，上海市"法律进乡村"现场推进会在江桥镇召开

（照片提供嘉定区司法局）

2007年1月30日，华一银行上海嘉定支行在上海国际汽车城举行开业庆典

（沈　青　摄影）

2007年10月4~16日，以"城市让生活更美好，汽车让生活更精彩"为主题的
2007上海汽车文化节在嘉定举办 （张建华 摄影）

2007年5月13日，第七届"五月的鲜花"全国大学生大型校园文艺演出在同济
大学嘉定校区拉开帷幕 （照片提供 上海国际汽车城建设领导小组办公室）

2007 年 7 月 17 日，嘉定区召开纪念中国人民解放军建军 80 周年暨追忆外冈游击队、娄塘游击队革命斗争史座谈会

（照片提供
中共嘉定区委党校）

2007 年，社区居民投票选举社区居委会干部

（照片提供
嘉定区民政局）

2007 年 8 月 9 日，嘉莲华国际商业广场暨沃尔玛购物广场江桥店开业，当日，该店入场顾客数、销售金额创上海市内沃尔玛各店之冠

（照片提供　江桥镇）

2007 年 4 月 14~15 日,"阳光伙伴"全国少年集体体育竞赛上海赛区比赛在嘉定区徐行中学举行 （照片提供 嘉定区教育局）

2007 年 9 月 28 日,首届南翔小笼文化节开幕 （照片提供 南翔镇）

2007 年 6 月 17~18 日,国际女篮
邀请赛在嘉定体育馆举办
（陈启宇 摄影）

2007 年 10 月 3~11 日,2007 年世界夏季特殊奥林匹克运动会滚球比
赛在嘉定举行
（陈启宇 摄影）

15. 2008年

1月4日，在北京召开的全国双拥模范城（县）命名暨双拥模范单位和个人表彰大会上，嘉定再次被评为全国双拥模范城，这是嘉定1991年以来第六次蝉联此项殊荣。

1月29日，上海市十三届人大一次会议举行第三次全体会议，选举产生64名第十一届全国人大代表。中共嘉定区委书记金建忠当选为第十一届全国人民代表大会代表。

2月4日，中共中央政治局委员、上海市委书记俞正声一行到位于嘉定的上海市行政管理学校看望藏族学生。

3月17日，"2008釜山国际汽车展上海说明会"在上海汽车会展中心举行。

3月18日，宝马上海培训中心举行开工奠基仪式。

3月28日，在《时代建筑》杂志举行的"2007建筑中国·年度点评"活动中，嘉定区区长孙继伟作为唯一的政界代表被评为14位年度焦点人物之一。

4月30日，嘉定区委、区政府召开嘉定撤县建区15周年座谈会。

5月14日，嘉定区委召开党员负责干部会议，传达中央和市委、市政府关于全力做好支援四川抗震救灾工作的重要指示，动员和部署嘉定区支援四川抗震救灾工作。

6月11日，"我的奥运"亿万网友祝福北京奥运上海推进活动在嘉定区举行。

7月21日，嘉定区委召开四届六次全会。全会审议并原则通过《嘉定区迎世博600天行动计划》，表决通过《中共嘉定区委关于实施〈嘉定区迎世博600天行动计划〉的决议》。

8月28日，嘉定区隆重召开科技城五十周年庆祝表彰大会，庆祝嘉定"科学卫星城"命名五十周年。

9月15日，由上海市旅游事业管理委员会和嘉定区人民政府共同主办的2008上海旅游节嘉定系列活动暨上海曹安商贸城购物旅游节隆重开幕。

10月15日，嘉定区举行纪念改革开放30周年外商投资企业表彰大会。

10月29日，长三角地区群文优秀摄影作品展暨嘉定区第二届摄影作品展开幕。

10月31日，陆俨少百年诞辰书画作品展亮相中国美术馆。

10月20日，嘉定区举行52个工业项目集中开工仪式。中共中央政治局委员、上海市委书记俞正声出席仪式并启动项目开工按钮。市委副书记、市长韩正代表市委、市政府对项目集中开工表示祝贺。

12月6日，上海文化信息产业园奠基仪式在马陆镇举行。

　　2008 年 5 月 24 日,以"传递圣火,奉献关爱"为主题的北京奥运会圣火上海站传递活动在嘉定区安亭镇举行
（陈启宇　王　俊　摄影）

2008年9月8日,嘉定区迎世博600天行动暨"世博进社区"主题宣传日在博乐广场举行 　　　　　　　　　　　　　　　　　　　　　　　　　（王　俊　摄影）

2008年12月4～21日,"见证三十年——嘉定区纪念改革开放30周年图片展"在陆俨少艺术院展出 　　　　　　　　　　　　　　　　　　　（陈启宇　摄影）

2008年,轨道交通十一号线(嘉定段)建设　　　　　　(照片提供　嘉定区轨道公司)

(张建华　摄影)

企业奉献爱心 　　　　　　　　　　　　　（陈启宇　摄影）

2008年5月12日，汶川地震。嘉定人民自发参加悼念四川汶川地震遇难同胞活动。全区人民积极支援抗震救灾，共募集救灾款1.4亿元，全区33437名共产党员缴纳"特殊党费"计901万余元；为在嘉定建设的灾区民工支付救助金480万元

社会各界踊跃捐款　　　（照片提供　嘉定区民政局）

向灾区民工发放救助金
（照片提供　嘉定区民政局）

捐赠物资
（照片提供　嘉定区民政局）

社区老党员交了一份
"特殊党费"
（照片提供　江桥镇）

2008 年 12 月 26
日，第二军医大学东
方肝胆外科医院安亭
新院举行奠基仪式
（陈启宇　摄影）

2008 年 11 月 28
日，嘉定新城远香湖
工程开工
（陈启宇　摄影）

2008 年 12 月 6
日，嘉定区首批小额
贷款公司——上海西
上海小额贷款有限公
司、上海银丰小额贷
款股份有限公司正式
开业
（照片提供　工
商嘉定分局）

2008 年 11 月 20 日，嘉定区举行 52 个工业项目集中开工仪式
（陈启宇　摄影）

2008 年 6 月 26 日，上海国际汽车城零部件配套工业园区举办 10 周年庆典仪式，"国家汽车及零部件出口基地"、"国家火炬计划上海安亭汽车零部件产业基地"同时揭牌
（照片提供　安亭镇）

2008 年 6 月 17 日，南翔镇召开村务公开民主管理现场会暨新丰村第五届第八次村民代表会议
（照片提供
嘉定区民政局）

祝福奥运,祝福世博,
2008年，嘉定区百姓说唱
团巡回演出
（照片提供　中共
嘉定区委宣传部）

2008年7月30日,外
冈游击队纪念馆开馆
（照片提供
嘉定区民政局）

1990年，嘉定开始开
办证券交易代理点。图为
2008年嘉定证券交易大厅
（张建华　摄影）

16. 2009年

1月3日,中科院上海光机所高功率激光元件研究与生产中心、上海新傲科技有限公司产业园项目在嘉定工业区产业创新中心奠基开工。

1月13日,奥托立夫中国区总部在嘉定工业区落户。

2月20日,区委、区政府召开政府机构改革工作会议。

2月27日,区委四届八次全会召开。全会审议并表决通过《区委、区政府关于加快推进农村改革发展的实施意见》。

同日,嘉定区被命名为"全国村务公开民主管理示范单位"。

4月20日,全球汽车精英组织秘书处落户嘉定。

5月9日,中共中央政治局委员、市委书记俞正声一行到嘉定区调研。实地视察公安道口车驾系统的应用、装备设施、入市境车辆安检场地,现场观摩有关设备在道口实际操作演示,并就世博期间出入道口安检方案听取相关负责人的工作汇报。

5月11日,嘉定区隆重举行升国旗仪式和座谈会纪念嘉定解放60周年。

同日,宝马上海培训中心举行开业典礼。

5月26日,嘉定区农民专业合作社联合会召开成立大会。

6月28日,上海市人民政府〔2009〕53号文批复同意撤销安亭镇、黄渡镇建制,设立新的安亭镇,其行政区域为原安亭镇、黄渡镇的行政区域范围,面积89.28平方公里。

6月30日,2009汽车发动机国际最新技术研讨会暨汽车发动机及零部件专场采购配对会在嘉定召开。

7月17日,"2009中国上海汽车电子产业发展高层论坛"在上海国际汽车城会展中心举行。

8月6日,中科院上海技术物理研究所与嘉定区签署"院地合作"框架协议。

8月8日,中科院电动汽车研发中心成立揭牌仪式在嘉定工业区举行。

9月19日,中国首个地面交通工具风洞——上海地面交通工具风洞中心在同济大学嘉定校区落成启用。

同日,嘉定区举行城乡互动世博主题体验之旅示范点授牌和嘉定州桥国家AAAA级旅游景区揭牌仪式。

11月21日,大连万达集团规划投资40亿元、占地18.67公顷、建筑面积55万平方米的江桥万达广场项目开工,这是该集团在上海继五角场、浦东周浦投资后的第3个大型项目。

11月28日,中共中央政治局常委、国务院总理温家宝到中科院上海硅酸盐研究所考察。

12月7日,华东计算技术研究所新基地落户嘉定区签约仪式举行。

12月22日,嘉定区"十二五"规划编制动员暨工作布置会议召开。

12月31日,轨道交通十一号线试运营嘉定首发式暨表彰大会在轨道交通十一号线嘉定北站举行。嘉定区四套班子领导出席活动,为轨道交通十一号线优秀建设者代表颁奖,并向为嘉定经济社会发展作出杰出贡献的代表赠送轨道交通十一号线试运营嘉定首发式纪念卡。

同日,嘉定区新能源公交车启用仪式在嘉定公交新城站举行。

2009 年 9 月 26 日,嘉定区第四届运动会开幕式在嘉定体育中心举行

（陈启宇　摄影）

2009 年 9 月 28 日,嘉定区庆祝中华人民共和国成立 60 周年暨 2009 上海汽车文化节开幕大型文艺晚会在上海汽车博览公园举行

（陈启宇　摄影）

　　2009 年 4 月 28 日，嘉定区举行劳动关系和谐企业表彰暨"五一"国际劳动节庆祝
大会　　　　　　　　　　　　　　　　　　　　　　　　　　　（陈启宇　摄影）

　　　　2009 年 11 月 9 日，嘉定区举行城乡互动世博主题体验之旅示范点授牌和嘉定州
桥国家 AAAA 级旅游景区揭牌仪式　　　　　　　　　　　　（陈启宇　摄影）

2009 年 7 月 22 日，小朋友在观看"日全食"　　　　　　　　　　　　　（陈启宇　摄影）

2009 年 5 月 13 日，预防甲型 H1N1 流感期间，徐行三牧场工作人员在为猪场消毒（陈启宇　摄影）

2009年5月11日,嘉定区举行纪念嘉定解放六十周年升旗仪式　　　　（王　俊　摄影）

2009年12月24日,上海交通大学医学院附属瑞金医院(嘉定)开工典礼在嘉定新城举行
　　　　　　　　　　　　　　　　　　　　　　（照片提供　嘉定区新城公司）

2009 年 10 月 30 日，网宿科技股份有限公司通过创业板成功上市，实现了嘉定区培育企业板上市零的突破
（照片提供　嘉定区经委）

2009 年 12 月 8 日，国内网购交易巨头"京东商城"华东区总部落户嘉定工业区
（照片提供　嘉定区经委）

2009 年 11 月 21 日，由大连万达集团投资 40 亿元的上海江桥万达广场举行开工典礼
（照片提供　江桥镇）

1. 2009 年 2 月 12 日，轨道交通十一号线触网架设

2. 2009 年 6 月 30 日，轨道交通十一号线首辆列车运抵上海赛车场站段

3. 2009 年 11 月 23 日，轨道交通十一号线南翔站点配套市政公路中佳路铺设沥青作业

4. 2009 年 7 月 21 日，轨道交通十一号线车辆段施工现场

（照片提供　嘉定区轨道公司）

（王　俊　摄影）

2009 年 12 月 31 日,轨道交通十一号线试运营嘉定首发式暨表彰大会在嘉定北站举行
（照片提供　嘉定区轨道公司）

2009 年 12 月 31 日，轨道交通十一号线试运营,市民登上首发列车
　　（照片提供　嘉定区轨道公司）

三、专 题 叙 事

1. 撤县建区

1992年10月11日,国务院下发国函147号文,同意上海市人民政府关于撤销嘉定县,设立嘉定区,以原嘉定县的行政区域为嘉定区的行政区域,区人民政府驻嘉定镇的请示。1993年2月至4月上旬,嘉定区第一次党代会、区一届一次人代会和区政协一届一次会议相继召开。中共嘉定区委和纪律检查委员会、区人大常委会、区人民政府、区政协常委会及其领导成员分别选举产生,领导体制上的嘉定撤县建区工作顺利完成。

2. 嘉定区行政区划

1993年,继1992年9月长征、桃浦2乡划入普陀区后,全区14个乡先后于2～4月撤乡建镇。全区总面积458.8平方公里。辖嘉定、南翔、安亭、娄塘、封浜、马陆、戬浜、嘉西、徐行、曹王、华亭、唐行、朱家桥、外冈、望新、方泰、黄渡、江桥等18镇和1个工业开发区。总户数14.47万户,户籍人口47.87万人。

1995年7月,撤销嘉定镇、嘉西镇建制,建立新的嘉定镇。10月,划出戬浜镇城东等4个村,建立新成路街道;划出江桥真新村等4个村,建立真新新村街道。1997年7月,划出嘉定镇昌桥村、徐行镇永胜村,建立菊园小区。2000年1月,撤销外冈镇、望新镇建制,建立新的外冈镇。9月,撤销安亭镇、方泰镇建制,建立新的安亭镇。同月,撤销嘉定镇建制,建立嘉定镇街道。11月菊园小区更名为菊园新区,同时增挂菊园新区街道办事处(筹)牌子。至此,全区辖14个镇、3个街道和1个工业区、1个新区。

2001年6月,青浦区的白鹤镇西元等3个村和2个村民小组划归安亭镇,全区面积调整为463.9平方公里。7月,撤销娄塘、朱家桥、封浜、马陆、戬浜、徐行、曹王、华亭、唐行等10个镇建制,建立新的娄塘、江桥、马陆、徐行、华亭等5个镇,全区辖9个镇、3个街道和1个工业区、1个新区。

2003年6月,撤销娄塘镇建制,由嘉定工业区管理委员会对该区域全面行使管理职能。

2009年,全区辖7个镇、3个街道和1个工业区、1个新区。下设114个居委会,152个村委会,2072个村民小组。年末总户数19.06万户,户籍总人口55.02万人。

3. 中共嘉定区第一次代表大会

嘉定区第一次党代会于1993年2月10～13日召开,党员代表379人。区党代会筹备小组组长金久余受六届县委委托,向大会作题为《解放思想,加快步伐,为建设现代化的新嘉定而奋斗》的工作报告。在区委一届一次全会上,选举产生了区委常委、书记、副书记。金久余、王忠明、乔野生、陆象娟、朱元旦、陆奎明、池洪臣当选为区委常委。金久余当选为区委书记,王忠明、乔野生、陆象娟当选为区委副书记。

4. 嘉定区一届人大一次会议

嘉定区一届人大一次会议于1993年4月6～10日举行。会议选举上海市嘉定区第一届人民代表大会常务委员会主任、副主任、委员和嘉定区区长、副区长、区人民法院长、区人民检察院检察长。区委书记金久余当选为主任(兼),王品祺、王益德、桑静山、邵汉荣、梁天博当选为副主任。王忠明当选为区长(兼),朱元旦、陈龙法、周丽玲、沈永泉当选为副区长。

5. 工业园区建设

从1992年嘉定工业开发区开发建设起,至1995年末,全区有区级工业区2个,镇级工业区32个,开发面积357.5公顷,平均每个工业区10.5公顷。1997年,嘉定对各工业区进行规范,重新认定各级工业区。全区有市级工业区1个:嘉定工业区;市级配套工业区1个:金宝工业区;区级工业区3个:江桥、南翔、唐行工业区;镇级工业区17个。除嘉定工业区外,全区其它各类工业区规划总面积4730公顷,平均每个工业区225公顷。2003年末,按照产业集聚的要求,全区形成嘉定工业区和上海国际汽车城零部件配套工业园区两个市级工业区及南翔、江桥、徐行、黄渡和外冈等5个区级工业区,共占地8783公顷。

6. 嘉定工业区

1992年,县委、县政府决定在县城西南开发一个以发展工业为主的经济新区,定名"嘉定工业开发区"。1994年9月,市政府将嘉定工业开发区列为市级工业区,定名"上海市嘉定工业区"。1996年2月,市规划局批准嘉定工业区总体规划,规划面积28.2平方公里。

2002年12月,娄塘镇部分地区划归嘉定工业区管辖,嘉定工业区始分南翼、北翼两个部分。2003年6月,原娄塘镇与嘉定工业区"撤二建一",建立新的嘉定工业区,工业区区域面积78平方公里。"撤二建一"后,嘉定工业区的规划为:在北片建成32.4平方公里核心区,成为集工业化、现代化、生态化、国际化为一体的城市化地区。南区将以高新产业板块为工业增长极,以光电子、信息技术等为产业发展重点。至2009年,嘉定工业园区已形成汽车零部件、光电子信息、精密机械制造、新型材料等为主导产业的产业链,集聚了来自世界30多个国家和地区的400多家投资商落户,项目总投资超过100亿美元。

7. 民营技术密集区

1993年11月,经国家科委、市政府批准,市科委、区政府联合组建上海嘉定民营技术密集区(以下简称密集区,由上海嘉定高科技园区、上海复华高新技术园区、上海中科高科技工业园组成)。密集区设在嘉定工业区内,占地37.1公顷,是市高新技术开发区的重要组成部分,具有集科研、开发、生产、贸易一体化的特色和科技与经济紧密结合,为科技产业服务的创新模式。密集区以嘉定地理位置和科技城的优势,为出国留学人员、海外科技企业家、国内科研单位来嘉定投资,兴办科技企业,开发科技成果,生产科技产品和学术活动提供场所。至2008年,嘉定民营技术密集区已累计吸引670家企业入驻,孵化培育科技型企业近300家,创业成功企业250家,孵化成功率超过80%,成为科技人员成功创办企业的"摇篮"。

2002年,密集区内的嘉定高科技园区被国家科技部、全国民营科技促进会评为全国十佳民营科技园区。

8. 私营经济区

1993年7月,嘉定区第一个私营经济小区——上海希望私营经济城诞生于马陆镇。至年末,希望私营经济城注册登记开业的企业有160家,总投资1.09亿元,缴纳税金65.8万元。至1998年,全区26个私营经济小区累计注册私营企业12713家,累计注册资金79.23亿元,投资人数26703人,缴纳税金38348.4万元。2002年,全区有私营经济小区31个,累计注册私营企业26437家,注册资金254.67亿元,缴纳税金20.05亿元。

2009年,33个私营经济小区实有注册企业100556家,累计注册资本1272.9亿元,各经济小区上缴税收123.4亿元,占全区财政总收入的53.01%。其中纯私营企业上缴税收100.6亿元,占全区财政总收入的43.21%。

9. 六大支柱产业

1992年,全区调整工业产品结构,初步形成轿车配件、电光源、通信设备、精细化工、新材料和高档服装等六大支柱产业。1994年,六大支柱产业调整为汽车及配件、电光源、通信电缆及设备、新型包装材料、化工和精细化工、新材料等。1997年,六大支柱产业进一步调整为汽车配件、电子电器、通信电缆及设备、金属制品、化工及精细化工、纺织服装等,有工业企业836家,占全区三级工业企业总数的39.4%,完成工业总产值166.9亿元,实现工业利税总额12.87亿元,占全区三级工业利税总额的49.9%,六大产业中以汽车配件及修理业发展最为迅猛,成为全区工业生产中的第一支柱。

2000年,全区工业生产按照"一业特强"的产业导向,形成以汽车产业为支柱,电子电器、通信电缆及设备、金属制品、化工及精细化工、纺织服装为优势行业的产业格局。2001年,嘉定工业结构遵循重点发展"一强三优"的产业导向,调整为以汽车产业为支柱,重点发展电子电器、金属制品、纺织服装等优势行业。2003年,以汽车零部件为主导产业的"一业特强"格局初步形成,全区特强行业——汽配汽修业发展势头强劲,全年实现工业产值129.3亿元,高出全区工业增幅54.1个百分点,拉动全区工业产值增长11.9个百分点。2009年,汽车零部件产业支柱作用进一步体现,全区汽车零部件行业共完成工业总产值572.8亿元,同比增长30.69%,占全区工业总产值的24.27%。

10. 房地产开发

1979年后,住宅建设(房地产业)列为国家基本建设项目,并实行国家、地方、系统、单位和个人多渠道集资,并把住宅建设和旧城镇改造结合起来,加快住宅建设。1981年,嘉定县建设局住宅办和爱国建设公司县分公司试售少量商品房。1986年后,中国房屋建设开发总公司上海公司嘉定分公司(1989年改为嘉定县城市建设综合开发总公司)、嘉定县房产经营公司和上海申城开发公司先后建立,商品住房经营迅速发展,经营范围扩大至市区、郊县,乃至海南岛。1995年,全区房地产开发企业有100家。至2009年,全区有房地产开发企业232家,其中一级资质2家,二级资质15家,三级资质21家,暂定资质194家。

1990年,全县销售商品房13.43万平方米,金额8135.7万元。2003年,全区商品房销售109.2万平方米,金额33.6亿元,比1990年分别增长8.13倍、41.48倍。2009年,全区商品房新开工面积279.9万平方米,其中住宅新开工212.6万平方米。全年商品房预售登记21052套,面积212.11万平方米,金额137.62亿元,新建商品房网上预销售交易签约24671套,面积237万平方米,金额238.08亿元,存量住房网上交易签约10586套,面积93.82万平方米,金额73.6亿元。

11. 区属企业改制

2003年8月,区政府召开区管企业改制工作会议,确定以区管企业的改制为全区企业改革重点目标,着重完成国有资本从竞争性领域退出,投入到应该由国有资本投入的行业,真正建立起现代企业制度,完善现代企业产权制度,实现政企分离、政资分离和市场化运作。至年末,全区实际完成改制企业26家,其中:歇业4家,出售转让20家,组建公司1家,撤并1家,并通过与职工协商,妥善分流了大批职工。至2004年末,全区区属国有、集体中小企业的改制工作基本完成。退出国有、集体净资产9.38亿元,以产权制度改革为核心的企业改革取得显著成效。

12. 公交线网全覆盖

2000年后,嘉定的公共交通建设加快,先后新辟、延伸"罗南线"、"北华线"、"淞马线"、"西嘉线"、"嘉环四线"、"钱泰线"、"嘉松线"、"嘉翔线"。至2009年底,境内有90条客运线路分别联结上海市区、郊区及区内各镇,运营线路长度逾千公里,基本实现区域公交线网全覆盖。2009年,嘉定公交公司新增、更新公交车136辆。至年底,共有各类营运车353辆,运送乘客3781.94万人次,营运里程2283.72万公里。760辆区域性出租汽车实现GPRS智能电话调度全覆盖,营运10289.5万公里,年客运量2600万人次。同时,嘉定还有开往杭州、彭水、定远、淮滨、苏州、昆山的始发省际客运班车线路23条,以及江苏、浙江、安徽、山东、河南、四川、湖北等省的过境配载客运班车线路120条,年运送省际客流68万人次。

13. 证券交易所

1990年,农业银行嘉定县支行开办证券交易代理点,1991年,完成证券交易额2352.87万元。1992年7月,农行嘉定县支行成立市郊首家证券营业部,至年末,证券交易业务量达1.3亿元,其中股票成交额1.2亿元,开设资金账户1510户,客户资金930万元。

2000年末,嘉定有申银万国证券、浦东联合信托投资公司、上海财政证券公司嘉定营业部3个营业部,另有中信证券安亭服务部和海通证券南翔服务部。2001年,浦东联合信托投资公司、上海财政证券公司嘉定营业部分别更名为华鑫证券、上海证券。2009年,申银万国证券公司嘉定营业部开户3.7万余户,客户资金总值49.31亿元,完成沪深两市交易量549.18亿元,实现利润7719.52万元。华鑫证券有限责任公司上海嘉定营业部有合规账户1.8万余户,客户总资金22.58亿元,全年完成股票、基金、权证成交量218亿元,实现利润2700万元。上海证券有限责任公司嘉定营业部累计开户1.99万户,客户资金与股票市值总计15.13亿元,全年完成交易额200.84亿元,实现利润3148.93万元。中信证券安亭服务部累计开户1.1万余户,完成A股交易量30亿元,全年实现利润200余万元。

14. 嘉定有线电视

1984年,经县人大代表提案,嘉定根据市政建设规划,决定试办闭路电视。1985年7月,县广播电台技术部在上海广播电视研究所工程开发部的指导下,在县政府及周边的小囡桥南堍的居民楼安装终端用户盒,嘉定始有有线电视。1989~1992年,南翔、安亭、外冈3个乡镇4900户居民相继开通有线电视。

1993年6月,嘉定电视转播台改称嘉定电视台。1995年1月,嘉定镇有线电视站首先与市有线电视台联网。至年底,全区与市有线电视台联网的用户达17627户,可收看16个频道的节目。1999年,全区有线电视与市有线电视台联网,用户增至67218户。2000年,嘉定实施农村有线电视"村村通"工程,至2002年,全区所有村全部完成这一工程。2003年,全区有线电视用户达13万,占全区总户数的75%。2009年,嘉定有线数字互动电视开通。

15. 信息化建设

嘉定对信息通信等基础设施的建设十分注重。自1989年在全国率先实现全县电话自动化后,先后建成全区电话交换程控化和传输数字光缆化、区镇电视会议网络,并建成"上海热线"站点"今日嘉定"因特网站、ISDN(综合业务数字网)和ATM宽带网,2000年,建成并启用嘉定信息大楼。

2001年5月,区委、区政府下发《中共嘉定区委、区政府关于全面推进信息化建设的决定》,并召开信息化建设动员大会,对全区信息化建设提出具体要求,嘉定信息化建设步入新的发展阶段。是年,嘉定建成区行政机关办公决策服务系统,并开通"上海嘉定"门户网站。2003年,全区实现宽带光纤全覆盖。2007年,"嘉定新城·无线城市"建设启动。2008年5月,"嘉定·无线城市"一期开通,形成中国大陆第一个"无线城市"雏形。2009年,"无线城市"基本实现"以嘉定城区为核心,以辐射方式覆盖连接各街镇主要交通干道,点、线、面相结合,以室外为主"的"无线城市"网络覆盖,注册用户突破2.6万人,日均活跃用户3000人次。区政务办公网建设延伸至村(居委),实现区、镇、村三级网络连通,在上海市率先建成支持在线、远程、移动办公的"全天候"电子政务系统。

2009年,嘉定拥有固定电话用户38.86万户,宽带用户18.92万户,IPTV(交互式网络电视)用户5.41万户;"我的e家"用户8.19万户;CDMA手机用户11.81万户;小灵通用户1.44万户。

16.《嘉定报》恢复出版

《嘉定报》是中共嘉定县委机关报,创刊于1956年3月1日,初为八开二版,五日刊,1956年7月改为周双刊。1958年1月改为四开四版。1958年3月停刊并入《沪郊农民报》。1995年12月,中共嘉定区委决定并经上海市新闻出版局批准,《嘉定报》于1996年6月试刊2期后,7月1日正式复刊。复刊后的《嘉定报》为八开四版周报,报头由时任中共中央政治局委员、国务院副总理兼外交部长钱其琛题写。第一版为要闻版,第二版为综合新闻版,第三版为专栏版,第四版为副刊"汇龙潭"。1997年7月始增设月末版;1999年11月起由原四开四版扩为四开八版;2004年1月起,按照中共中央办公厅、国务院办公厅《关于进一步治理党政部门报刊散滥和利用职权发行、减轻基层和农民负担的通知》精神,实行免费赠阅。

17. 承办重大体育赛事

1982～1986年,受国家体委和市体委委托,嘉定承办全国春季马拉松赛和竞走赛5次。1981～1989年,市"上海杯"第一至九届马拉松赛和竞走赛亦在嘉定举行。1989年1月,承办中国围棋九段南北快棋对抗赛;4月,承办上海"星河杯"全国女子足球邀请赛。1990年4月,承办市第九届运动会郊县足球赛,获足球赛最佳赛区奖。

1993～2009年,嘉定承办重大赛事有:首届东亚运动会柔道赛事、第八届NEC杯中日围棋擂台赛第5、6场比赛、中国象棋协会和嘉定区政府联合举办的"嘉丰房地产杯"全国象棋王位赛(第一至第四届)、'96全国乒乓球锦标赛、第三届全国农民运动会武术比赛、全国第八届运动会乒乓球及部分足球赛、由第五届残疾人运动会组委会主办的全国第五届残疾人运动会轮椅网球比赛、由国家体育总局主办的"蔓登琳杯"国际女排邀请赛、由国家体育总局武术运动管理中心主办的"黄渡杯"全国青少年武术散打锦标赛、由国家体育总局重竞技运动管理中心、中国跆拳道协会主办的"万基杯"全国跆拳道冠军赛等、第十二届世界夏季特殊奥林匹克运动会滚球比赛。

18. 嘉定区城市建设规划

在嘉定的城市化建设过程中,嘉定逐步建立起以上海国际汽车城建设为引领,以嘉定新城建设为核心的六级规划编制体系(发展战略规划、区域总体规划、片区总体规划、编制单元规划、控制性详细规划和修建性详细规划)。同时,在以嘉定新城为核心的新型城镇体系建设中,不断调整和优化建设规划。

2000年8月,市政府批复《上海市嘉定区区域规划(1998～2020年)》,同意嘉定区域总体布局和区域城镇体系安排,要求以嘉定新城、安亭上海汽车城、市级工业区为建设重点,推进区域生产力整体布局调整,积极发展中小城镇,形成"新城—中心镇——一般镇"比较完整、合理的城镇体系。

2000年12月,市政府批复《嘉定新城总体规划(1999～2020年)》,明确嘉定新城是嘉定区政治、经济、文化中心,以科技产业为主体,科研、生产、教育、旅游及居住相结合的具有综合功能的中等城市。批复还要求注重对原嘉定镇的保护,要严格控制建造高层建筑。

19. 城乡一体化教育新体系建设

进入新世纪,嘉定在高标准推行九年义务教育的同时,全力调整教育结构,大力发展职业教育和成人教育,初步形成初、中、高三级层次分明的教育体系,构成文化知识教育和专业技术教育两个系列,一个与本地区经济社会发展相适应的、经科教紧密结合的城乡一体化教育新体系逐步建立。至2009年,全区有幼儿园40所,小学23所,辅读学校、青少年业余体校各1所,高级中学5所,完全中学3所,初级中学12所,九年(十二年)制学校10所,中等职校1所,高等职校1所。其中嘉定一中是市现代化寄宿制高中,上海市大众工业学校(原嘉定区工业学校)是国家级重点中等职业学校。2009年,全区3～6岁幼儿入园率99.9%;小学入学率、巩固率、毕业率均为100%;初中入学率100%,毕(结)业率98.84%;高中阶段录取率99.57%;春秋两季普通高校总计录取2024人,秋季高考录取率89.04%;成人教育培训总量116.5万人次。

20. 医疗卫生事业

随着爱国卫生运动和创建国家卫生城区、健康城区活动的不断深入,城乡卫生面貌日新月异。1992年完成农村改水工作,全区实现自来水化。1996年达到全国农村中医工作先进区标准,被评为全国精神病防治康复工作先进区和全国牙病防治工作先进区。2004年,嘉定全面完成国家卫生区创建设工作。至2008年,嘉定已建成国家卫生镇7个,镇(街道)全部建成上海市一级卫生镇(街道),市、区两级卫生村覆盖率100%。完成《嘉定区建设健康城区2006～2008年行动计划》终期评估工作,指标完成率97.9%。

嘉定区是世界卫生组织确定的初级卫生保健合作中心和"中国健康城市项目"试点区,也是全国初级卫生保健工作达标先进区。至2009年,全区卫生系统有预防、医疗、救护等单位30个,其中二级医院6所,民办医疗机构15个,社区卫生服务中心13个,拥有卫技人员4396人。全年诊疗575.6万人次,入院5.8万人次,出院5.77万人次;实施手术1.88万人次。户籍人口平均期望寿命81.94岁。

21. 创建国家环境保护模范城区

2001年9月,嘉定提出用2～3年时间创建国家环境保护模范城区。2002年3月29日,区委、区政府召开创建国家环保模范城区动员大会,并成立创建国家环保模范城区工作领导小组,领导小组与各镇、街道和有关委、办、局签订35份"创建目标责任书",层层落实创建任务。创建国家环境保护模范城区的具体工作由区环保局牵头,重点开展以区教育局为主推进的"绿色学校"创建活动,以区妇联为主推进的"绿色家庭"创建活动,以区卫生局为主推进的"绿色医院"创建活动,以区经委为主推进的"绿色工业企业"创建活动,以区文明办为主推进的"绿色小区和绿色生态村"创建活动。2003年1月15日,嘉定区创建国家环境保护模范城区工作通过市级验收。

22. 上海国际汽车城建设

2001年,上海市政府规划在嘉定区安亭地区建设集汽车制造、研发、贸易、博览、运动、旅游等综合功能于一体的上海国际汽车城(以下简称汽车城),作为与浦东微电子、宝山精品钢、金山石化等产业并列的四大产业基地之一。

2001年9月,汽车城举行全面建设开工仪式,市委书记黄菊为汽车城建设启动打桩按钮,全国政协常委、原机械工业部部长何光远和市长徐匡迪等领导以及上海国际汽车城建设领导小组、市有关委办局、嘉定区、青浦区负责人共600余人出席仪式。在开工仪式上,上海国际汽车城发展有限公司、上海国际汽车城置业有限公司、上海国际赛车场招商有限公司等3个主体公司以及上海汽车工业质量检测研究所、同济汽车学院、上海市二手车交易市场等3个建设指挥部揭牌。沪宁高速公路国际汽车城立交桥、汽车城核心贸易区及安亭新镇道路、桥梁工程、上海汽车工业质量检测研究所改扩建、新建同济汽车学院和上海二手车交易市场等6个项目宣布同时启动。

至2009年,亚洲最大的F1赛车场、同济汽车学院、国家级汽车检测中心、具有德国风格的安亭新镇、汽车会展中心、汽车博物馆、汽车博物公园、高尔夫球场等一批功能性项目和城市基础设施项目相继落成并投入营运。

23. 上海国际赛车场

上海国际赛车场是上海国际汽车城营造汽车文化的重要组成部分,规划用地5.3平方公里,由赛车场区、商业博览及文化娱乐区组成。赛车场区建设占地约2.5平方公里,总投资26亿元,包括看台赛道、赛车指挥中心、能源中心、急救中心、直升机停机坪、赛车改装中心、空中餐厅、赛车俱乐部和废弃物收集中心等设施。赛道全长5.45公里,赛道整体造型犹如一个翩翩起舞的"上"字形,取上海"乘势而上"、"蒸蒸日上"的寓意。赛车场看台可容纳20万人。

赛车场于2002年动工建设,2004年3月完成赛道主体工程,并接受国际汽联的验收。2004年9月24~26日,上海国际赛车场迎来第一次F1世界锦标赛,14.6万观众观看了26日的决赛,法拉利车队的巴西车手巴里切罗夺冠。

24. 抗击"非典"

2003年春夏之交,嘉定人民在区委、区政府的领导下,迅速开展抗击传染性非典型肺炎(以下简称"非典")工作。4月至5月,全区各级政府和组织按照"堵、防、治、控"的要求,条块配合,上下联动,紧紧抓住医院、水陆道口、社区、建筑工地、学校等重点区域,开展源头清查、疫情检测、疫情控制、卫生监督等一系列工作。处在抗击"非典"斗争前沿阵地的区卫生局,在全区范围内设置14个发热门诊部,242名医务人员组成41支梯队,433人组成医学观察队伍,50人组成准公共卫生队伍,成为"社区为防、村庄为防、单位为防、人人为防"的群防群治的体系,最终实现嘉定"非典"病例和疑似病例零纪录。

嘉定作为上海的西大门,肩负着阻击输入性病源进入上海的重要使命。在区委、区政府的统一部署和协调下,全区公安干警、医务工作者和志愿者日夜奋战在水陆道口,对290余万来沪人员进行了健康检测。

在抗击"非典"时期,嘉定市民生活秩序井然,各部门工作有条不紊,体现出全区各级组织和广大干部群众的众志成城,守望相助,同舟共济的社会主义大协作精神和临危不惧、爱岗敬业的无私奉献精神。

25. 嘉定新城建设

嘉定新城是上海市城市总体规划确定的近期重点发展的三座新城之一,是上海都市圈西北翼的区域性核心城市。

嘉定新城规划范围约200平方公里,规划人口80~100万人,由嘉定新城主城区、安亭辅城和南翔辅城组成的组合城市,其中嘉定新城主城区规划人口约50万,规划面积120平方公里,南翔组团和安亭组团规划面积各40平方公里,人口各15万。

嘉定新城主城区,是嘉定新城城市核心功能的空间载体,是嘉定区的政治、经济、文化中心,也是嘉定区以现代服务业为主体的第三产业发展高地。嘉定新城主城区由核心区域和若干功能小区组成,将新城的现代与老城的古文化历史元素有机结合,把嘉定新城建设成中高档居住、新兴商业商务的集聚地,上海国际体育竞技、汽车文化和观光的配套服务地,上海体现国际化大都市现代化新城区的主要载体,上海服务和联动"长三角"城市群的区域中心城市。

至2009年,嘉定新城中心区的道路和环境建设等基础设施的框架基本形成,具有浓郁江南特色和嘉定独特历史文化格调的新城区建设初具规模。

26. 轨道交通十一号线

上海市轨道交通十一号线(R3线)是上海市轨道网络中构成线网主要骨架的4条市域线之一,其主线从嘉定经中心城至临港新城,是贯通上海市西北——东南区域的主干线。线路在西北设一条支线连接上海国际赛车场和安亭汽车城。整条线路将上海市规划建设的嘉定新城,临港新城与中心城紧密地联系起来,并与轨道网络中14条轨道线及国铁相互换乘。轨道交通十一号线北段工程(嘉定新城—安亭汽车城—三林)线路全长59.41公里,包括主线46.6公里,支线12.81公里。轨道交通十一号线北段工程主线起点为嘉定区城北路站,终点为浦东新区上南路站(一期工程至江苏路站);支线起点为嘉定新城站,终点为安亭镇墨玉路站。

上海轨道交通十一号线(嘉定段)于2005年12月28日开始动工建设,2009年12月31日北段一期开通试运营。2010年3月29日支线开通,全线同步延长运营时间,覆盖早晚高峰运营。

27. 嘉定现代农业园区

嘉定现代农业园区地处嘉定区华亭镇,总规划面积22平方公里,于2004年11月动工建设,2005年6月举行开园奠基仪式。嘉定现代农业园区集种源农业、旅游农业、生态农业和设施农业综合性于一体,是一个区域分布合理、基础设施配套、产业优势明显、生态环境优良、科技应用领先、服务体系健全的现代农业园区。

至2009年,嘉定现代农业园区已形成六大区域(即:特种水产养殖区、高标准粮田种植区、名特优果蔬生产区、农业旅游观光区、农副产品加工区、农业科技研发区)。园区以体现"田园嘉定"为主要特色,充分展示现代农业成果;以哈密瓜种植为主要载体,大力推广应用农业科技;以"华亭人家"为主要场景,不断吸纳城市居民前来休闲、观光、旅游。2006年始,园区相继成为全国农业旅游示范点、全国农产品加工业示范基地和国家AAA级旅游景区。

28. 创建双拥模范城

1991～2009年,嘉定积极开展双拥模范城(县)的创建活动。中共嘉定区(县)委、区(县)政府把拥军优属工作纳入经济社会发展规划,切实加强对基层双拥工作的领导,创新和完善双拥工作运行机制,广泛开展以爱国主义为核心的国防和双拥宣传教育,扎实做好国防军事服务保障工作,完善优抚安置保障体系,推动国防建设和地方经济建设良性互动,确保经济和社会发展和强军的统一。驻嘉定各部队也在高标准做好军事斗争准备,认真履行军队根本职能的前提下,扎实做好拥政爱民工作,参与抢险救灾和维护社会稳定,广泛开展军民共建共育活动。

自20世纪90年代初国家开展创建双拥模范城(县)起,至2007年,嘉定区已连续六次获得"全国双拥模范城(县)"的称号。

29. 三峡移民安置

2001年起,嘉定区根据"相对集中,分散安置"的要求,在徐行、华亭、娄塘、外冈等镇选择交通便利、村级经济和村风民风较好的安置点,建造了统一房型、统一标准、统一设计、统一质量的121幢共17568.38平方米的移民住房。同时,落实了三峡移民的自留地、承包地、日用品、子女上学的相关事项。

2002年9月1日,嘉定区迎来重庆市云阳县双江镇塘坊、兴隆、天宫和群益4个村的121户、486名移民。2004年8月5日,来自重庆市万州区溪口乡的移民62户、249人安全抵嘉。至此,嘉定共接收两批三峡库区移民183户、735人,分别安置在徐行、华亭、外冈和嘉定工业区的53个安置点上。每个点安置3～4户,涉及32个村。

三峡移民抵达嘉定的新家后,嘉定区、镇政府在移民过渡期生活补助和生产资料购置补助、承包地和自留地、医疗保障、房屋权属、生活困难补助、推荐就业等方面落实措施,给予关注。到2006年初,就近解决了386人的非农就业,就业率达到96.2%。

经过努力,山峡移民落户嘉定后,思想情绪稳定,建家立业情绪饱满,多数移民过上了安居乐业的生活,有不少人在单位成为了骨干。2003年1月,嘉定区安置三峡移民工作领导小组办公室被评为全国"三峡库区农村移民外迁工作先进单位"。

结 束 语

从1949年至今,嘉定走过了一条曲折艰辛而充满生机的发展之路。60年来,嘉定人民励精图治,砥砺进取,把一个以传统农业为主要产业的农业县逐步建设成为基础设施完备、工业基础扎实、科技力量雄厚、文化事业昌盛、环境舒适优雅的上海西北新城区,在社会主义建设进程中谱写了一曲扎实苦干,奋力争先的华章。

今天,当我们置身于车水马龙的城市街道和环境优雅的农业园区之间,屏气追思,昨日的老街旧舍、一草一木,早已变得依稀难寻。岁月悠悠,往事如烟,旧时的嘉定渐渐地离我们远去了,但历史是不能忘记的。回顾嘉定60年的发展历史,我们不会忘记为她的发展而付出了心智血汗的历任领导,更不会忘记在嘉定这片热土上辛勤耕耘的广大群众,正是无数嘉定干部群众的前赴后继、勇于开拓,才成就了嘉定辉煌灿烂的今天。

追忆往昔的峥嵘,是为了留下已逝去的历史;纵览风云的变幻,是为了汲取成败的得失;再现今朝的辉煌,更是为了激励建设小康的斗志。呈现在各位面前的这一页页文字,一幅幅图片,正是嘉定厚重底蕴的不竭源泉,是嘉定发展历程的鲜活见证,是嘉定继续前行的强大动力。在有限的篇幅里,我们带您见证了60年嘉定的巨大变化,向您展示了60年嘉定人民的激情和活力,更让我们看到了嘉定未来的希望。在追求更高水平、更加协调发展阶段的今天,我们要百倍珍惜今天的大好形势,弘扬嘉定人民的优良传统,与时俱进,开拓创新,在建设社会主义现代化新嘉定的伟大实践中,让我们以智慧、热血、生命,谱写嘉定跨越式发展的新诗篇,迎接嘉定更加美好的明天。

后　记

　　2009年5月13日,是嘉定解放60周年纪念日。嘉定区地方志办公室按照多年来编纂年鉴的惯例,结合年度的大事、特事、要事,在《嘉定年鉴(2009)》卷末公益宣传的彩页中,特设"嘉定解放60年大事图记",用350余帧照片影像,直观形象地回眸嘉定60年的历史进程,客观真实地反映嘉定60年沧桑巨变,得到了读者的首肯,同时也引起了编者的进一步思考。

　　嘉定解放60年以来,嘉定经济和社会建设发展的文字资料汗牛充栋,就记录历史的地方志书和地情资料为例,自二十世纪八十年代首轮编史修志开始,嘉定先后编修了《嘉定县志》、《嘉定县续志》、《嘉定县简志》、《嘉定年鉴》(1988～2010年)等一批比较详尽的新编文字记录书籍,但作为全面体现60年嘉定发展过程中的反映历史瞬间形象的直观性图片资料,新编的地方志和地情资料还缺乏系统、集中、专辑的收集、整理和编纂出版。嘉定区域内,以历史为脉络的、以图片为主的书籍更是凤毛麟角,这不能不说是一个莫大的遗憾。为此,我们决定在年鉴"图记"编纂的基础上,再征集、补充、完善照片,并结合志书的体例、版式和要求编纂出版以图为主的嘉定地方志系列志书——《嘉定六十年图志》。

　　在征集照片的过程中,我们方才知道:由于历史的原因,征集工作困难重重,实属不易。从嘉定解放至改革开放前的三十年,照相机是奢侈品,一般民众手里难得有相机,照相机作为宣传机构的宣传工具,基本上都是由专门机构所掌握,即使在改革开放的初期,有相机的单位和个人依然屈指可数。许多政治、经济、文化等领域的重要活动都没有留下照片,反映社会发展变化、记录人文历史的影像记录更是稀缺。"文革"期间,在极"左"思潮的影响下,拍照片被认为是资产阶级生活情调,一般人没有拍照的习惯,即使有照相机,个人留存的照片大都是毕业照、"到此一游"或开会时拍的集体合影照。以至于照片征集消息在媒体刊登后,响应者寥寥无几。尽管如此,我们还是不遗余力地认真分析,反复商量,多管齐下。许多在嘉定工作的老领导、老同志、老摄影工作者是我们向社会征集的主要对象,通过专门发送征集函联系和上门沟通,收集到了部分照片。市、区档案局、馆和区内镇、街道和部门档案室、市内媒体和有关部门,是《图志》编纂照片资料征集、挖掘的重点单位。我们先后化了四个多月的时间,上门查阅资料、翻拍照片。同时,为了有的放矢地寻找《图志》的适用照片,我们组织编辑部的全体人员,翻阅、摘录《解放日报》自1949年至1989年刊登的有关嘉定的所有图片信息,数次派人前往上海市档案馆、上海市音像资料馆、《解放日报》摄美部联系寻找图片。经过半年时间的多方寻觅,查阅征集,终于收集到了500余帧有价值的照片,再结合历年《嘉定年鉴》所用照片,经过反复筛选,最后入选了770余帧。

　　编纂图片志书,对我们从事方志事业的人员来讲,也是一种全新的尝试。一方面,历经千年不断成熟和定型的方志编纂,有一套严谨的体例结构和编辑方式,它的完整性、系统性、稳定性已经成为特有的历史记述手段;另一方面,志书的编纂方法随着时代的进步和科技的发展,也正不断完善和丰富,图片资料的载入,使志书的内容更加丰满,形式更加活泼,可读性增强,更加符合当今"读图时代"人们的口味(近现代志书、年鉴图片资料运用就是最好佐证)。编纂《嘉定六十年图志》,是我们试图以图片直观性的、有真实感的图像语言为主体,来记述嘉定60年的历史脉络、人文变化的一次尝试,或许会体现出嘉定志书编纂工作的时代意义和现实意义。因为我们深知,随着时代的变迁,那些留存在我们手中和脑海里的图片资料,会变得越来越珍贵;有些目前尚散存于社会的早期图片,会随着时间的流淌而散失和湮没,如再不抢救,会留下难以弥补的损失和遗憾。在我们征集到的图片中,有部分历史老照片,尽管它们涵盖的时间不算太长,影像的素质较差,但所承载的资料信息却是现在的文字资料无法替代的,所谓"一图胜千言",文献价值极高。在众多的历史资料中,老照片尤如一杯陈酿老酒,醇厚悠香,带领我们穿越时空,见证那些不能忘却的历史,让原本模糊的记忆,变得清晰起来,虽事过境迁,却弥足珍贵。

《嘉定六十年图志》由嘉定区地方志办公室组织编纂,张建华主编。参加编辑的人员有何根法、陈启宇、张悦等同志。 其中,张建华担承策划和照片编辑,何根法、陈启宇负责照片的收集、整理,张悦负责文字的总撰写。

《嘉定六十年图志》于2010年3月开始编辑,由于时间紧迫,采取了边收集边编配,边编配边编写的办法。为此,图片编辑人员不辞辛苦,多次往返市、区、镇等有关部门,收集新增图片,征询详尽资料;文字编辑不断查询、校阅、核对资料,增补、修改文字内容。随着时间的推移,至2010年7月,《嘉定六十年图志》终于完成初稿,并确定了送审稿。

在《嘉定六十年图志》编纂过程中,我们得到了中共嘉定区委、区政府分管领导的关心和支持。上海市档案馆、《解放日报》摄美部、上海影像资料馆、嘉定区档案馆、嘉定博物馆、嘉定图书馆和嘉定区有关镇、街道及委、办、局档案室为我们提供了所藏的照片和有关资料,尤其是区内摄影工作者何根法、陈启宇和嘉定区档案馆提供的照片,为此书的编纂、出版奠定了基础。许多老同志、老摄影工作者、老文化工作者也从个人收藏中为我们提供一定数量的历史照片。在编辑过程中,还曾得到吴义、王继杰、张安朴、张陌、陈德第、王文瑜等同志的帮助,在此,谨向所有为此书出版作出贡献的领导和同志们一并表示衷心的感谢!

编 者

二○一○年十月